中公文庫

うつけの采配（上）

中路啓太

中央公論新社

目次

うつけの采配（上）

碧蹄館《へきていかん》

一

吉川蔵人頭広家《きっかわくろうどのとうひろいえ》は、薄々わかっていた。これは夢だ、と。しかし、嬉しかった。いままでに、何度も繰り返し見てきた光景だった。過去に実際に起きた出来事を、眠っているときにも反芻《はんすう》してしまうのである。それほどに甘美な思い出だから、醒めないでくれと願う。

そこは、建設中の館《やかた》の広い庭である。吉川氏の本拠であった安芸国山県郡《あきのくにやまがた》の、父、駿河守元春《するがのかみもとはる》の隠居だ。石垣や土塀に守られた館を見下ろす周囲の山々は、うっすらと霞《かすみ》に包まれているものの、青々として見える。初夏の、心地よい朝のことだ。

広家は元春と泉水のほとりに立ち、中央の築石《つきいし》を眺めている。いや、そのころ、広家はまだ経言《つねのぶ》と名乗っていた。父のそばにいると常に緊張を強いられ、経言の口数は少ない。

ところが、ふり向いた元春は満面の笑みだった。七十余度戦って明らかな負けを取ったことがない猛将と言われたあの恐ろしい父が、このような顔をしたことがあるだろうか。それは、あきらめをたたえた笑いに見える。

「それほど、毛利《もうり》や吉川が好かぬか。わしの子だと申すに」

経言は黙っていたが、元春の言う通りであった。

「そなたのようなうつけは、心のままに生きるほかあるまいな」

困った奴だと顔をゆがめながら、もう根負けしたとばかりに元春は笑う。

「向後《こうご》は、わしの老後の世話をするがよい」

嬉しかったというより、ほっとした。

父の言う意味は、毛利の支族たる吉川一族だからといって、毛利家の要職に就いたり、他家に養子に行ったりせず、父の隠居料の管理をしていればよいということだからだ。

これで、他の大名との争いや、家中における血なまぐさい権力闘争にはかかわらずにすむ。経営する土地はさして広くはないが、治水などをし、じっくりと肥沃にしてゆきたい。

そのようなことを考えて、晴れやかな気分になった。

だがその晴れやかさも、次第に褪《あ》せていった。誰かの声が近くで聞こえる。「蔵人頭殿」と呼んでいるようだが、俺のことか。うるさい奴だ。

とうとう目を開けてしまった。いまや父も死に、家督を継いだ兄、元長《もとなが》も死んで、吉川家の当主になっている現実に引き戻された。名も、蔵人頭広家と変えている。

周囲を見まわし、広家は震えた。こうも不快なことが重なるものだろうか。

まずは、頭が痛くて仕方がない。

その原因は宿酔《しゅくすい》で、自業自得である。毎日のように浴びるほど酒を飲みつづけていれば、頭痛とだるさが途切れないのも当然だ。

しかし、この寒さの堪《こら》え難さは何であろうか。自分が安芸国や、現在の城地である出雲《いずも》国《くに》の富田《とだ》からも遠くはなれた異国にいることを想起し、畜生め、とつぶやく。

広家がいま、麾下《きか》の兵とともに駐屯しているのは、朝鮮国の首都、漢城《かんじょう》（現・ソウル）から北西へ約十一里（約四十四キロ）はなれた開城《かいじょう》（ケソン）の郊外である。陣地の館はにわか仕立ての、壁の薄いもので、とてもこの地の冷たい風は防ぎきれるものではない。寒さのゆえに夜中に目が覚め、厠《かわや》へ行けば、溜まった屎尿《しにょう》すら凍っているほどだ。このようなところへ広家が来なければならなかったのも、吉川家にはもちろん、その宗家《そうけ》にあたる毛利家にも、太閤、豊臣秀吉《とよとみひでよし》の命令に逆らうほどの力がないからである。

戦国大名、毛利氏を創始したのは、安芸の国人《こくじん》（在地領主）から一代で中国八ヶ国の領主にのしあがった毛利元就《もとなり》である。中原《ちゅうげん》の覇者となった織田信長《おだのぶなが》がいよいよ毛利征伐に本格的に手をつけ、部下の秀吉を中国地方に派遣したときにはすでに元就はこの世になく、当主は嫡孫の輝元《てるもと》になっていた。だがそのころ、実質的に毛利の軍勢を指揮して秀吉に手を焼かせたのは、どちらも元就の子ながら、吉川家の養子となった元春と、小早川《こばやかわ》家の養子となった隆景《たかかげ》であった。

ちなみに言えば、吉川氏も小早川氏も安芸の有力な国人だったが、元就は自分の血を分けた子をその当主に送り込むことによって、両氏の家臣や領地を、そっくり毛利のものにしたわけだ。

織田信長の子たちが概して凡庸であったように、英雄の子というのはどうしても親に比べてひどく見劣りがするものだ。しかしこの吉川元春と小早川隆景の兄弟は例外で、どちらもすぐれた将器であり、毛利両川《りょうせん》として名をはせ、恐れられた。秀吉も一時は、毛利およびその同盟者に包囲され、危機的な状況に陥ったことすらあった。

けれども、それは昔のことだ。毛利、吉川、小早川のいわゆる毛利三家はいまや、信長死後に日本国内の乱世をおさめた秀吉に膝を屈している。秀吉が「朝鮮を切り従えつつ大《だい》明《みん》を征伐するゆえ、兵を出せ」と命じれば、それがいかに法外なことであったとしても、二つ返事で大軍を率い、海を渡らなければならない立場なのだ。それを思うと悔しくて、広家の酒量はおのずと増えていった。

しかしながらいまこのとき、そうした不快事の中でも広家を最も不快にしていたのは、寝覚めのぼやけた視界に、見慣れた大きな坊主頭《ぼうずあたま》があったことである。法体《ほったい》のくせに武《む》者髭《しゃひげ》を鼻の下にふさふさとたくわえ、胴鎧《どうよろい》を身につけている。「蔵人頭殿」とうるさく呼んでいた主は、この男であったか。

「早《はよ》う起きなされ、蔵人頭殿」

相手は顔を近づけ、禅者らしい、力のこもった濁声《だみごえ》で言う。広家が苛立ちのため息を吐くと、男は革手袋と籠手《こて》で覆われた手で鼻をおさえ、顔をしかめた。

「まずいの。こう酒臭くては」

「ならば、そばに寄らぬことよ」

「泉下の爺様が泣かれるぞ。日頼《にちらい》様ほど酒飲みを嫌われた方もござらぬからの」

またその話かと、広家の機嫌はますます悪くなる。日頼様とは洞春寺《とうしゅんじ》殿日頼洞春大居《だいこ》士《じ》、すなわち広家の祖父、毛利元就のことだ。

生前、元就はつねづね、一族の者にこう言い聞かせていた。「わしはいまの地位を築くまでに大勢を陥れ、殺してきた。ゆえにその報いが必ずあるものと思って身を慎めよ」と。すなわち毛利一族だというだけで人に恨まれると思って、身だしなみや礼儀作法を整え、人間関係に細心の注意を払えと、子や孫たちに忠告していたのだ。とくに元就が恐れたのは、子孫が酒に現《うつつ》を抜かすことであった。酔った揚げ句に粗相《そそう》をし、いらぬ恨みを買ったり、油断をして寝首を搔かれたり、あるいは飲みすぎて健康を害し、早死にしたりすることがないよう、口を酸っぱくして戒《いまし》めた。

広家ももちろん、孫の一人として厳しく育てられた。元就自身は元亀《げんき》二年（一五七一）、すなわち広家が十一歳のときに七十五歳で世を去ったが、その後も、毛利一族にふさわしくふるまえ、元就の孫として恥ずかしくないようにせよと、父母や近習《きんじゅ》たちから嫌というほど言われてきたのだ。その結果、偉大なる始祖、元就に対する崇敬の念が育ったかといえば、まったく逆だった。祖父にせよ、祖父の孫に育ったおのれの運命にせよ、毛利や吉川の家名にせよ、広家にとっては重たい枷《かせ》のようなもので、恨みの対象でしかない。そのため、若年より広家は反発ばかりして、周囲から「うつけ」と白眼視されてきた。

侍臣らに酒を控えよと言われるほどかえって飲んでやったし、食膳の物はわざと手づかみで喰い、汁物はずるずるとすすった。また、漢籍を読まされたり、和歌を習わされたりするのが苦痛でならず、身を隠すために屋根にのぼって居眠りをしたこともあった。

広家は思う。だいたい、毛利一族だから、酒を飲まないではいられないような面倒を背負《しょ》い込んでいるのではないか。毛利一族だから飲んではならぬなどと言われるとは、理不尽にもほどがある。

腹が立ってきた広家は寝床に横たわったまま、恵瓊《えけい》にかっと言い返した。

「生臭坊主に、さようなことを言われる覚えはござらぬわ」

目の前の禿頭《とくとう》の男は、安国寺《あんこくじ》恵瓊だった。無類の酒飲みとして知られている。

「手前は飲んでも、貴公のようには酔い申さぬ。これも、長年の仏道修行のおかげにござる」

「よくも申したものよ」

広家が毒づくと、恵瓊は呵々《かか》と笑った。五十代半ばになる恵瓊は、まだ三十三歳の広家のことを、どうも小馬鹿にしたがるようだ。

恵瓊は、安芸銀山《かなやま》城主であった武田《たけだ》氏の一族、武田信重《のぶしげ》の子と言われている。武田氏が元就に滅ぼされ、父も敗死すると、安芸の禅寺、安国寺に身を寄せて出家し、のちに京の東福寺《とうふくじ》でも修行するにいたる。やがては、安国寺住持でありながら、東福寺退耕庵主《たいこうあんしゅ》をも兼務するまでに出頭したほどの男だから、中国地方を支配した毛利氏に重宝された。すなわち、京の情勢を毛利氏へ知らせるとともに、毛利氏の代弁者として、朝廷や室町幕府、また、中原に勢力を張った武将たちとの交渉を仲介する仕事をまかされるようになったのだ。

この当時、僧侶は出世間《しゅっせけん》の身、すなわち俗世間の利害にかかわらない中立者と見なされていたがために、激しい対立や闘争が繰り広げられた乱世にあって、しばしばこうした外交官のような役割を担った。いわゆる使僧であるが、恵瓊もまたその一人として活躍してきた。

豊臣政権下に毛利氏が組み込まれると、恵瓊は単なる毛利の代理人として以上の、特別な寵を秀吉から与えられ、いまや東福寺西堂《せいどう》（住持に次ぐ職）でありながら伊予《いよ》六万石の大名となるにいたった。以来、秀吉のもとへしばしば顔を出し、石田三成《いしだみつなり》ら豊臣政権の奉《ぶ》行《ぎょう》衆とも親しく交際しながら、毛利軍団の一部将として自前の軍勢を率いて朝鮮に渡海し、また、毛利一族の顧問らしく、偉そうな面《つら》をひっさげて広家に説教をしたりもするという、史上類を見ない地位をしめている。

「しかしながら、まずいの。顔もまだ赤うござるわ」

笑いをおさめた恵瓊は、またも弱りきった顔でこちらを見つめた。

「これでは、筑前侍従《ちくぜんじじゅう》殿がますます臍《へそ》を曲げられかねぬ」

広家は、ええい、とうなって衾《ふすま》をはねのけ、寝床から上半身を勢いよく起こした。途端に目眩《めまい》がして、板床の殺風景な寝所がぐらぐらと揺れる。額に手をやりながら、問うた。

「何のことよ。まさか……」

筑前侍従とは、小早川隆景のことだ。この広家の叔父は、毛利両川の一方、元春が死して後、一人で毛利家の家政を切り盛りし、一族の事実上の総帥となっている。秀吉も、隆景さえ手なずけておけば西国の雄、毛利は押えておけると思ってのことだろう、毛利宗家の所領百十二万石余とは別に、筑前、筑後《ちくご》、および肥前《ひぜん》の一部において三十七万石余をも与えていた。ちなみに広家が出雲富田を中心に領している十四万石は、毛利宗家の所領のうちから、秀吉の特命で割かれたものである。

「あとは貴公におすがり申すよりほかはござらぬのだ」

恵瓊は懇願した。広家は、目眩と頭痛を堪えながら叫ぶ。

「叔父上のところになどゆかぬぞ。誰があの唐変木《とうへんぼく》のもとへなど……」

俺があの叔父を避けているのは、恵瓊もよく知っているはずだろう。

「そう申されず、なにとぞ蔵人殿からもお口添えをお願いいたす」

恵瓊は媚びるような、いやらしい笑みを浮かべて、丸めた頭を下げつづける。

「開城は都（漢城）からのつなぎも悪く、大明百万の軍勢が参っては救援のしようもござらぬ。ゆえに、お奉行衆は、まずは都まで引き上げられよと申されておるのだ。それなのに、筑前侍従殿は『我らはこの地にとどまり、大明人と一戦を遂げ、太閤殿下に命を捧げまいらす』などと……」

その話は、広家も聞いていた。この戦《いくさ》は毛利にとって何の益もないゆえ、早々に沙汰《さた》止みとなるに越したことはない、と言っていたのは隆景自身であった。それが、あのような戦意満々の発言をしたのだから、毛利家中はみな驚き入っていた。

「そもそも、明軍が間近に迫っておるこのとき、あの御仁が都の軍議にお出ましにならねば、我らは身動きが取れぬではござらぬか。のう、頼み申す。貴殿と筑前殿は叔父と甥の間柄でござろう」

恵瓊が必死な口調で言うのも無理はなかった。いま、すなわち文禄《ぶんろく》二年（一五九三）正月、朝鮮在陣中の日本勢は、開戦以来初めてとも言える大きな危機に直面していたからだ。

戦争は前年四月にはじまったが、日本軍はしばらくは破竹《はちく》の勢いで勝ちつづけた。小西《こにし》行長《ゆきなが》を中心とする一軍は無人の野をゆくがごとく進み、またたく間に漢城はおろか、平《へい》安道《あんどう》の平壌《へいじょう》（ピョンヤン）まで落としてしまった。いっぽうの先鋒大将である加藤清正《かとうきよまさ》は、朝鮮の北東部咸鏡道《かんきょうどう》まで侵入して二王子を捕え、当時オランカイと呼ばれた中国東北地方にいたるまで深く攻め入っている。

ところが、各地の義兵や、李舜臣《りしゅんしん》（イ・スンシン）率いる朝鮮水軍が活躍して、戦局は日本勢にとって厳しくなりだした。その上、朝鮮が宗主国と仰ぐ明の援兵が鴨緑江《おうりょくこう》を越えて南下し、平壌に駐屯していた小西行長軍をこの月の七日（日本暦）に撃退したのだ。しかも、その南方の鳳山《ほうざん》に陣を敷いていた大友義統《おおともよしむね》までもが臆病風に吹かれて勝手に撤退してしまったこともあり、日本軍は総崩れとなった。

敗退した行長や宗義智《そうよしとし》らの軍勢は、開城にも二日ほど逗留《とうりゅう》してから漢城へ引き上げていったから、広家もそのざまを見たが、目も当てられなかった。みな憔悴《しょうすい》しきって、甲《かっ》冑《ちゅう》すら敗走の途中で脱ぎ捨てていた。兵どもは怯えきった目つきで口々に、敵は五十万だ、百万だなどと、とても常識では信じられないことを言った。さらには、明軍は強力な大筒《おおづつ》や、たくさんの火矢をいちどきに放つ道具など、日本人が見たこともない恐ろしい武器を駆使して戦うと言う。臆病神をつけられるとはこのことだ、と広家もあきれたものである。

いっぽう、備前宰相《びぜんさいじょう》、宇喜多秀家《うきたひでいえ》や、石田治部少輔《じぶのしょう》三成、増田右衛門尉長盛《ましたうえもんのじょうながもり》、大谷《おおたに》刑部少輔吉継《ぎょうぶのしょうよしつぐ》らの朝鮮奉行など、漢城に集結する日本軍首脳もまた、「百万の明軍が迫る」という風聞に大いに動揺しているらしい。漢城以北に進出している諸将に、「急ぎ漢城に引き上げ、以降の対策をともに協議すべし」と再三に呼びかけている。恵瓊も都から、退却を呼びかけるために開城まで出向いてきたのだ。けれども、毛利勢の指揮官であり、かつ漢城以北の日本諸将のとりまとめ役として開城府に陣取る隆景がそれを拒みつづけているものだから、広家も城の近くに駐屯したままでいた。

漢城に置いてある家来や、親しい他家の者から届けられた書状によれば、漢城駐留の諸将のあいだでは、北方へ進出し、野戦にて明軍を迎え撃つべしと唱える者と、漢城に籠城して雌雄を決すべしと唱える者とが激しく対立しているとのことである。その対立が決着しないのも、軍議の席に、日本軍の主力である毛利勢の事実上の総大将、隆景が顔を出さないからだということも、漢城からの報告によって広家はよくわかっていた。それでも、恵瓊の依頼を引き受けるわけにはゆかない。

「あの唐変木を軍議の席へ引き出すのは、俺の役目ではない。石田治部殿やら大谷刑部殿やら、お奉行がなされればよい」

「お奉行衆がいくど足を運ばれても、あの御仁は腰を上げようとはなされぬのだ。だからこそ、貴公に……」

「では、長老殿がもういちど説いて参られよ。それがしのごとき若輩の出る幕ではござらぬて」

隆景と恵瓊は二人とも、協力して毛利家のいまの繁栄を築いた知恵者として、家中の尊敬を集めていた。何事も隆景か恵瓊かに相談せよというのが、当主輝元以下の毛利家の風である。

「手前でも埒《らち》があかぬゆえ、貴公にお頼み申しておるのではござらぬか」

「叔父上は、それがしの言葉を聞くようなお人ではないわ」

「毛利のお家には、両川という二つの翼がござる。吉川家のご家督を継がれた以上、貴公はその一翼たらねばならぬはず」

広家は舌打ちをした。俺は好きで吉川家の当主になったわけではなく、父や兄が勝手に早死にしたとばっちりを受けただけだ。

こめかみに疼痛《とうつう》をおぼえて頭を抱えた広家の襟首を恵瓊は摑み、ぐいと引っ張った。広家は無理矢理に立たされることになった。

「何をするか、無礼な」

怒鳴りつつ見れば、いつの間に集まっていたのだろうか、周囲には吉川家中の者たちが臑当《すねあて》や佩楯《はいだて》、籠手などをたずさえて控えていた。恵瓊はまるで自分の家来であるかのように、連中に顎で合図をする。すると、彼らはいっせいに広家に近づいてきた。

もはや恵瓊の言葉に逆らうことをあきらめた広家は、手足を大きく動かして、群がる家来どもを追い払う。

「具足《ぐそく》など要らぬ。開城府は目と鼻の先」

「具足は必ず召されねばなりませぬぞ。一揆勢《いっきぜい》が待ちかまえてござりまする」

そう言ったのは、元春の時代から吉川家の家老をつとめる香川又左衛門春継《かがわまたざえもんはるつぐ》だった。まだ五十前だが髪も髭も真っ白だった。太い白髭を真横にぴんと伸ばしており、そこに筋の通った鼻の先が、十字をなすように垂れかかって見えるため、広家はいつも「十文字」と呼んでいる。この男の言葉によって、家来どもはまた、広家に鎧を着せはじめる。

えい、いまいましい。こやつらは誰を主と思っているのか。そう思って広家は舌打ちしたが、しかし、短い距離でも外出する際には鎧を着用せよ、というのは日本勢のあいだで常識になっていた。明の援兵が来るという噂《うわさ》に力を得た朝鮮人や、驚いて諸家の陣を脱走し、暴徒化した日本人らが襲いかかってくるからだ。

黒塗りの佩楯を下半身に括りつけられる広家の姿を眺めながら、恵瓊は驚くべきことを言った。

「これはよく覚えておいていただきたいが、加藤遠江守《とおとうみのかみ》（光泰《みつやす》）殿をのぞき、おおかたのお奉行衆の真意は都よりの早々の撤退にござる」

「撤退……籠城ではござらぬのか」

「ま、表向きは」

恵瓊はにやにや笑いながら、事情を説明した。

「太閤殿下のいまのお鼻息では、お奉行衆とて大明征伐をやめるべしなどと軽々に口になされますまい。そこで漢城以南に諸将を集め、持久の策をとり……」

「そうして、殿下をお諫《いさ》め申し上げるというのか。大明征伐なしがたしと」

壺袖の籠手の紐に腕をきつく巻き上げられながら、広家は言った。恵瓊は満足そうにうなずく。

「そこで治部少輔殿は、筑前侍従殿のお力をお貸し願いたいと申されておるのよ。野戦にて明の大軍と雌雄を決すべしと唱える者どもを説き伏せるべく」

広家には全体像が見えてきた。隆景が軍議の席にあらわれて籠城説に同意してくれれば、みなもそれに従うだろうと治部少輔三成は考えているということだ。そうすれば、じっくりと時間稼ぎをしつつ戦線を縮小し、朝鮮全土からの撤退に持ち込めると。

「いまや天下の仕置きを行っているのはお奉行衆にほかならず。すなわち、お奉行衆と進退をともにすることこそ毛利家の御為《おんため》。それを是非にも、貴公から叔父御にお説きいただきたいのでござるよ」

こういう恩着せがましいものの言い方をするからこそ、広家は恵瓊という男が気に入らない。

広家の見るところ、恵瓊はただの謀略好きにほかならなかった。人の知らない情報を収集し、弄《もてあそ》ぶのは誰のためでもなく、ただおのれの趣味を満たすためなのだ。ちょうど、数寄者《すきしゃ》が器や軸物の名物に執着するのに似ている。それを、よくも「毛利家の御為」などと得意げに言えるものだ。

「凜々《りり》しゅうござる」

中央に金色の三巴《みつどもえ》をすえた胴鎧をつけ終えた広家を見て、恵瓊は言った。利いた風な口をきくな、この糞坊主《くそぼうず》、と広家は腹中で罵《ののし》る。

「このようなつまらぬ戦にいつまでも付き合っているより、早々に撤退したほうがお家のため」

「参ればよいのであろう」

広家は怒鳴りつけるように言うや、馬引け、と命じて表へ飛び出していった。あの偏屈な叔父と顔を合わせ、物を言わなければならないと思うと悪寒《おかん》を禁じ得なかったが、それをはねのけ、自分を奮い立たせるために、やけくそになって走った。陣屋の入り口に引き出された馬の手綱《たづな》をむずと摑む。

「開門」

と叫んだときには、すでに馬上で鞭《むち》をふるっていた。閉じられたままの門扉に向けて馬を走らせる。やがて門前へ来ると、これ以上進めない馬は泥をはね上げ、竿立《さおだ》ちになった。

うろたえた門番が扉に駆け寄る。門が半ば開くと、広家は供のことなどかまわず、一騎駆けに外へ飛び出した。背後で、大勢が驚いた叫びをあげる。それをよそに、広家は馬を責めに責めた。

開城付近は、広闊《こうかつ》な地である。その平野を吹き抜ける風には霙《みぞれ》がまじっており、広家は切り裂かれるほどの痛みを頰《ほお》におぼえた。馬の脚をゆるめ、ふり返ると、あとから駆けてくる家来たちの姿は見えない。ただ、なだらかな丘の頭から槍が並んで飛び出し、鈍くきらめいていた。

「もう追いつかぬゆえ、陣へ戻るがよい」

つぶやいて笑うと、広家は馬首を前に向け、また鞭をふるった。霙を顔に受けながら、父、元春が常々言っていたことを思い出す。「将たる者、身の安全のためばかりではなく、威儀を正すためにも多くの供を連れよ」と。

けれども、家督を継いでからも、広家はあまり吉川家中の者どもと親しく付き合おうとしてこなかった。家来どもは自分を慕っているわけではなく、名将元春の跡継ぎだから付き従っているに過ぎないと思うからだ。そのため、どうしても家来を困らせ、遠ざけるような態度をとってしまうのである。

「もう俺には追いつかぬぞ」

広家はもう一度ふり返った。家臣たちは米粒のように見える。だが一人だけ、すぐ後ろを猛烈な勢いで走ってくる者がいるのに気づいた。藤谷《ふじたに》伊知介《いちすけ》だった。

「また、そちか」

さして背は高くない。肥《ふと》ってもいないが、骨が太いせいか横広に見える。まるで漬物石《つけものいし》が走っているような観があった。

伊知介は短い足を必死に動かしながら走っているが、おそるべき速さだった。そろそろ三十になるとはとても思えない。以前に広家は「戦場で馬が倒れたら、うぬに乗ってくれる」と戯言《ざれごと》をぶつけてやったこともある。

広家はさらに強く鞭をふるった。家来の中でも、伊知介にはとくに冷たくしてやりたい気分になる。

伊知介はほとんど偏執的なほどに、どこへ行くにも広家の後へぴたりとついて来た。例の十文字、香川又左衛門の指示のせいだ。広家のことを、周囲どころか自分自身をも傷つけかねない荒馬と見て、足が速く、腕にも覚えのある伊知介を差縄《さしなわ》代わりに付けているのだ。

吉川家の当主にならざるを得なかった自分の運命を広家は憎んでいたが、伊知介の態度はまるで、それを素直に受け入れよと迫るかに見える。

「ついて来るな、伊知介」

叫びつつ馬を疾駆させる広家の前には、開城の石造りの城壁が迫っていた。その手前に、黒煙がたなびくのが目に入った。民家の藁葺《わらぶき》屋根が燃えており、そのそばに大勢の人間が蠢《うごめ》いている。身につけた具足から、日本人だとわかった。

おそらく、兵営から脱走した兵たちが民家に押し入って、暴行、略奪を行っているのだ。朝鮮の民に狼藉《ろうぜき》を行ってはならないとする制札《せいさつ》は出してあった。しかし、もとよりすべての者がそれに従うわけもなかったし、とくに明軍が迫るとの噂が広がってから、日本の兵どもの狼藉ぶりはひどくなっていた。人は恐怖すればするほど、弱い者をいじめたくなるものらしい。

激しい馬蹄の音に気づき、賊どもは動きを止めてこちらを見た。朝鮮の女の白袖を摑みつつ、燃える屋《や》の中から出てきた者もいる。連中の人数はざっと六、七人だ。中には刀や槍を振りかざし、こちらを威嚇《いかく》するような態度を示した者もいたが、広家は迷うことなく馬を近づけていった。

小具足をしどけなく着た男が槍を立て、何かわめいている。広家は抜刀した。男のわきを通り過ぎながら、掬《すく》い上げるように刀を振る。首と鮮血が宙を舞った。

賊どもがいっせいにぎょっとなる。一人は背を向けて逃げ出したが、残りは槍や刀の先を向け、こちらへ走り出した。広家もまた、刀を振り上げる。

広家は別に、襲われた朝鮮人のことをさほど哀れだと思っていたわけでもなかった。日本においても、朝鮮に来てからも、戦場の悲惨さは嫌というほど見てきている。それでも刃《やいば》を合わせたくなるほどに激しい怒りと憎悪をおぼえたのは、賊どもの蛮行が彼らの臆病さのあらわれだと思ったからだ。戦に明け暮れる時代に生まれ育った者にとって、臆病以上に憎悪すべきものはなかった。

「制札を立ててあろう。違背する者は斬る」

怒鳴ると、広家はまた馬上から刀を振った。一帯には断続的に雨や雪が降りつづいており、額を割られた賊は、ぬかるみの中に俯《うつぶ》せに倒れた。

別な二人がこちらへ向かってきた。一人はくたびれた胴丸《どうまる》と面頬《めんぼお》をつけた男で、太刀を振り上げている。もう一人は長槍をしごき、迫る。

槍の穂がうなりを上げて広家の頭を襲う。広家はかわすと、その柄《つか》を摑んだ。元春や隆景のような謀《はかりごと》の才はないが、一騎駆けの武者としては人に後《おく》れは取らない、と広家は自負している。摑んだ槍の柄を引き寄せると、中ほどを刀で叩き折った。相手がよろけたところを、返す刀で襲う。喉から顎を斬られた男は、がたがたと具足を鳴らして、またぬかるみに俯した。

だがそのときには、太刀を振り上げた男が、広家の跨《また》がる鞍《くら》の前輪《まえわ》を摑んでいた。馬はうろたえて足踏みをし、首を左右に揺らす。それでも男は前輪を握りしめ、刀の切っ先を突き出した。

広家はのけ反ったが、頰を浅く斬られた。

「糞っ」

罵りながら、前輪を持ったままの男の腕へ、刃を叩きつけた。二の腕から先を失った男はよろけ、絶叫する。広家は馬から飛び降り、男の脳天に刃を打ち込んだ。

頭部の左半分が吹き飛び、崩れた男を見ていると、ようやく伊知介がそばへ来た。すでに残りの賊どもは逃げ去っている。

「殿、ご無事でござるか」

「見ればわかろう。なにほどのこともない」

広家は、頬から流れる血を拭いながら言った。宿酔のせいもあって、息は乱れきっている。

「うぬなど、おっても、おらんでも変わらぬの」

少しは恥じ入った顔をするかと思いきや、伊知介は無表情のままだ。漬物石のような体を緊張させ、刀の柄に手をかけた。伊知介の鋭い視線の先を広家が見ると、炎をあげる屋や、その奥の屋の土塀の向こうから、別な男たちが次々とあらわれ出ている。盗賊どもを恐れて隠れていた朝鮮人だ。

みな痩せて、肌には生気がなく、まるで干からびた人参《にんじん》のようだと広家は思った。身にまとう、晒布《さらしぬの》でできた綿入れも薄汚れている。そういう連中が十数人、ふらふらとこちらに近寄ってきた。

「放っておけ」

なおも身構える伊知介に言うと、広家は馬の手綱をとり、鞍上《あんじょう》にのぼった。ところがそのとき、驚いたことに伊知介が抜刀した。見まわせば、朝鮮人たちは目に残忍な色を浮かべ、鍬《くわ》や鎌《かま》などの農具を振り上げている。中には、弓を手にしている者も四、五人いた。早々に立ち去らなければ危うい。そう思って、広家は伊知介に命じた。

「ゆくぞ」

直後、風を切って矢が飛んできた。広家は刀を振って払ったが、すぐに次が来る。またしても一本は払い落としたが、一本は籠手にかちりと当たってはねた。

伊知介も矢をあびていたが、刀を振って払い落としながら、多数の中へ突き進んでいった。

賊を斬り、救ってやった者どもに襲われるとは皮肉だが、仕方があるまい。そう広家は思った。朝鮮人にとって、先ほどの賊は小さな悪党に過ぎないが、将らしい身形《みなり》で馬に乗る武士こそ、この国の土地と人と宝をかすめる大悪党にほかならないのだから。

怒れる民たちは矢を射、石を投げながら迫ってくる。広家を守ろうとしてだろう、伊知介はわざと彼らの注意を引きつけるように刀を左右に大きく振り、駆けてゆく。

やがて、命を顧みない伊知介の疾走に、相手は動揺しはじめた。そこへ、後続の吉川家の兵が三十余、ばらばらと駆けつけたこともあって、恐怖した朝鮮人たちは背を向けて走り出した。伊知介はなおも疾走をやめず、一人の背中へ斬りつけた。他の吉川の兵も、連中の背に、次々と槍先をうずめていき、一帯はあっという間にはね上がる鮮血と断末魔《だんまつま》の叫びで満ちた。

「引け」

と広家は命じたが、兵どもは止まらない。それは戦いではなく、単なる虐殺であった。肝《きも》をつぶし、もはやまともな抵抗などできない者を、兵たちは手当たり次第に突き伏せ、切り刻んでいく。

「引けというのがわからぬか」

広家は激高し、兵たちの背後へ馬を進めた。槍をふるいつづける一人の兵の肩を刀の鎬《しのぎ》ではたいた。兵は俯せに転んだ。

「もうよい、やめよ」

さらに馬を進め、逃げる朝鮮人と、追いかける兵のあいだに割って入った。伊知介の前に出るや、鼻先に刀を突きつける。伊知介だけでなく、他の兵たちもようやく動きを止めた。

「やめよと申したのに、なぜ従わぬ」

伊知介は刀を持った手を背にまわし、跪《ひざまず》いた。他の兵も同じように蹲踞《そんきょ》した。

「我らは朝鮮の民から兵糧《ひょうろう》をとらねばならぬのだぞ。その民を殺していかがする、阿呆《あほう》め。だいたい、逃げ惑う臆病者を殺してまわり、面白いか」

お前たちがいちばんの臆病者だ、と広家は思い、馬上から兵どもをにらみまわした。ところがそのとき、伊知介が挑むような顔を上げた。

「そもそも、殿が一騎駆けに飛び出されるようなことをなされなければ、かような成り行きにはならなかったのではござりませぬか」

伊知介が正論を述べているのは広家にもわかっていた。十分な数の供をそろえて進んでいれば、日本人の賊どもは恐れて逃げ去っただろう。朝鮮人どもも、襲いかかってこなかったはずだ。だが、

「うぬらが遅いのではないか」

と言い捨てるや、広家はまた馬の尻に鞭を当てた。馬は荒い息を吐いて駆け出す。兵どもがどよめき、立ち上がった。それをよそに、目がまわり、吐き気がするのを堪えながら、広家は走り去っていった。


開城の中央に位置する、もとは朝鮮王朝の官僚がつめていた館に隆景の座所はあった。

この正月で六十一歳になった隆景は、朝鮮に来てからずいぶんと痩せ、しかも風邪がちで顔色が悪い。板の間に猪皮を敷き、その上に直垂《ひたたれ》姿で端座している姿は木彫りの像のようだった。広家はその前へ進み出て対座したが、隆景は咳払いをしただけで、視線を向けようともしなかった。その眠たげな目は、膝元に据えた碁盤をじっと見つめている。一人で白石と黒石とを交互に置いていた。

「一人で碁を打って面白うござるか」

「つまらぬ」

にこりともせずに隆景は答えた。陰気くさい人だ、と広家は閉口する。

毛利家中ばかりか、他家の者たちからも知者としてあがめられる恵瓊と隆景であったが、二人の印象はまるで対照的だった。恵瓊は僧侶のくせして丸くふくれた、脂ぎった顔をしている。機密や謀のただ中にいる自分に酔い、見識張って多弁であり、しかも、声は不必要なまでに大きい。いっぽうの隆景は痩せており、その表情はいつも憂いを帯びていた。口数は少なく、ぼそぼそとしゃべる。

「なぜつまらぬことをなさる」

「ほかにやることもない」

「さほどにお暇《ひま》ならば、この地を引き払い、都での軍議にお出ましになればよろしかろうに」

隆景は反応しなかった。盤に石を打ちつける音のみが響く。これでは埒があかないと広家が大きな息をついたところで、隆景は口を開いた。

「血がついておる」

隆景が頰をこすってみせたので、広家も自分の頰をこすった。先ほどの傷がまだぬめっている。しかも見れば、右臑と右肘にも賊どもの返り血がかかっていた。

「無駄に殺生してきたと見える。わざわざ早死にしたいか。随浪院《ずいろういん》殿の跡継ぎとも思えぬのう」

今度は、広家が黙る番だった。随浪院殿とは元春の院号だ。どうせ俺は、父のような名将ではないわ、と広家は腐る。そこへ、隆景はさらにたたみかけた。

「ずいぶんと酒臭いの。酔った上での乱行か。よい歳をして、いつまでうつけでいるつもりか」

いよいよ説教がはじまったと思って、広家はおののいて立ち上がった。

「おとなしく、都へご撤退くだされ。長老殿がお困りのゆえ」

それだけ伝えれば自分のつとめもすむはずだと思い、急いで退出しようとする。

「都へは、そのうち撤退するさ。このようなところへ長々といたところで、益体《やくたい》もない」

広家は足を止めた。

「そのうち、とはいつでござる」

「どうせもう一度、都から『撤退せよ』と申してくる。今度の使いは大谷刑部あたりかのう……そのときは、『そこまで仰せならば是非もござらぬ』と素直に従うさ」

また、こうも付け足した。

「奉行どもの申すことは、太閤の御意《ぎょい》であって御意でない」

なるほど、と広家は思った。

唐入り《からい》（大陸侵略）は秀吉の宿願であり、側近の奉行たちは表向きはその実現のためにせっせと働いてきた。だがその実、恵瓊の言うように、面従腹背《めんじゅうふくはい》の気がないわけでもないだろう。ということは、奉行衆が秀吉の怒りに触れ、処罰されることがないとも言えないわけである。

外様の毛利家としては、秀吉当人ににらまれてはもちろんのこと、豊臣政権中枢にすわる奉行ににらまれても滅亡を招きかねない。そこで、一度は「太閤のために命を捧げたい」などとうそぶいて撤退命令に反対しておき、その後に奉行の指示に従ってみせれば、ゆくゆくどちらに対しても言い訳が立つということだろう。叔父の心は扇のように何重にも折り畳まれた襞《ひだ》を持ち、その一つ一つに深謀遠慮を蔵しているのだと思って、広家はあらためて舌を巻いた。

「その話を、長老殿に直《じか》になさればよかったでござろうに」

聞こえなかったのか、隆景は無表情のまま、また碁盤に目を落とした。広家はふたたびため息をつき、それから尋ねた。

「軍議のことにつき、長老殿からお聞きになられたか」

何のことか、と言いたげに首を傾げてから、隆景は問うてきた。

「いかなる子細か。聞かせてくれ」

広家はまたもとの座につき、恵瓊が語った軍議の様子を説明した。すなわち、漢城で籠城するか、北方に進出して野戦で勝負を決するかで諸将が揉める中、奉行衆は表向き漢城籠城策を主張しつつも、早期撤退の機をうかがっていることである。

「奉行衆は、叔父上に籠城策にご同意いただきたいと願うておるらしい」

「そなたの存念はどうだ。野戦か、籠城か」

広家はひどい緊張状態に陥った。隆景と話していると、いつも自分の力量を試されているような気分になるのだった。その上、こちらが何かを言えば、隆景はいつも、浅はかな奴だとでも言いたげな顔つきになる。それが、広家が隆景を苦手として避けてきた最大の理由である。

「それがしのようなうつけに存念などござらぬ。ただ叔父上のお言葉に従うまで」

「なぜ、謙遜《けんそん》する」

「謙遜ではござらぬ。叔父上は毛利の知恵袋」

「年寄りはじきに死ぬ。これからは、吉川家の惣領たるそなたが毛利の采配をとらねばならぬ」

「それがしは大軍の駆け引きや、お奉行衆との付き合いなどは不得手にござる」

隆景はにわかに微笑《ほほえ》んだ。

「いくらうつけと申しても、存念くらいはあろう。それを聞かせてくれてもよかろうに」

まったく、しつこい人だ。

「それがしは、長老殿と同心でござるよ。今度の戦は毛利家にとって何の益もないと、叔父上も申されていた。奉行衆の意向に従って早々に兵を引き上げるに限りまする」

このようなことは、わざわざ自分に聞くまでもあるまい。叔父も同じ考えのはずだ。そう思って、広家はいつもの臍曲《まが》りの性《しょう》をあらわにした。

「もし叔父上が都の軍議にはどうしてもお出ましにならぬと申されるのであれば、このうつけが代わりに『北方へ進出し、明軍と徹底的に戦うべし』と諸将に声高に説いてまいりましょう」

眠たげであった隆景の目が丸くなった。広家はさらにつづける。

「南下してまいった明軍は百万と申す者もござるが、それがしは眉に唾をつけまする。日本の武士が死力を尽せば、勝てぬ相手ではござるまい。ひょっとすると、逃げ去る明軍を追いしたってゆけば、今月のうちにも北京にまで攻め込めるかもしれませぬぞ」

隆景は楽しげに笑い出した。広家もまた苦笑しつつ、隆景の陣所を辞去した。

翌日、隆景を説得するための使者が、あらためて都からやって来た。隆景の予想したとおり、それは大谷刑部少輔吉継であった。隆景はただちに命に服し、撤退の準備を開始するよう周囲に命じた。

二

漢城は、この当時の日本人からすれば信じられないほどに広壮な都市である。

朝鮮や明の都市は城壁に囲まれているのだが、漢城は朝鮮の王都だけにその壁は高く、堅牢なものであった。とくに日本人の目を奪ったのは、五尺（約百五十センチ）もある切石を組み合わせて円形の門口を作り、その上に巨大な二階屋を建ててある城門だった。秀吉の住まいである大坂城や京の聚楽第《じゅらくてい》にも、これに匹敵する門はない。

しかし、前年の五月に日本軍が占領したとき、王宮をはじめとする城内の主要な建物は、すっかり焼失してしまっていた。敵が迫っているとの報を受けた朝鮮国王が北方へと逃げたあと、国政に不満を抱いていた朝鮮の民衆が暴徒化し、火を放ったのだった。

それから半年以上がたったいま、その中心部では、秀吉が渡海してきたときのための、日本風の御殿の建設が進められている。秀吉は「城中は自分の座所とするから、諸将は城外に陣を構えよ」と命じていたため、漢城に帰着した小早川隆景や吉川広家も、城壁の外に陣を構えた。

開城から漢城に退却する道中、冷たい雨が降りつづいた影響で、隆景は治りかけていた風邪をまた悪化させたと広家は聞いていた。実際、到着の翌朝、軍議の場に赴いてみたところ、そこに隆景の姿はなかった。

恵瓊は石田三成のもとへ行って、それについて詫びている様子であったが、広家に接するときとは違ってやけに腰が低い。広家と同年輩の三成のほうも、尊大にかまえて話を聞いている。豊家恩顧の武将たちのあいだでも、「ろくに武功もないくせに、威張りくさりおって」、「太閤殿下の威を借る野狐め」などと陰口を叩く者が多いのは知っているが、広家自身も三成のことは好きになれなかった。そのつり上がった小さな目は常に冷たく、人を寄せつけない光を放っていた。自分は他の者とは違う特別な存在だと言っているようなのだ。尖った口をゆがめて話すさまも、相手を侮《あなど》るかに見える。

三成と恵瓊は語り合いながら、ときおり責めるような目を広家に向けてきた。隆景があらわれないのは、両川の一方のせいだと言いたいのだろうが、広家は知らぬ顔をしていた。

しかしそれにしても、都へ到着した広家が驚いたのは、諸将の議論の紛糾ぶりであった。軍議がはじまると、朝鮮八道が描かれた大地図を囲んで、順序も上下もなしに罵り合うありさまである。中でも、渡海軍に加えて欲しいと秀吉に強く懇願したという加藤遠江守光泰は、三成らと同じ朝鮮奉行でありながら、こちらの耳がどうにかなるのではないかというほどの大声で野戦論をまくしたてた。

それにつられて、籠城派の中心人物である三成も、はじめのうちは冷静沈着を装っていたものの、次第に表情を険しくしてゆき、喧嘩腰《けんかごし》の話し方になっていった。そうしてしまいにはこう口走った。

「いまや籠城はおろか、釜山浦《ふざんほ》近くまで撤退したほうがよいかもしれないくらいである。それなのに、北方へ出向いて野戦などと申されるとは……」

広家はどきりとした。三成は興奮するあまり、撤退という恵瓊が言っていた「本音」を漏らしてしまったわけである。

「撤退とは何だ」

すかさず、光泰が嚙みついた。

「太閤殿下のご下知も待たずに、撤退などと勝手なことを申しおって。そのほうは何様のつもりだ」

黒田甲斐守長政《くろだかいのかみながまさ》までがいっしょになってこう非難したため、座は大騒ぎとなった。三成は慌ててその収拾に懸命になる。

「だから何度も申しておるように、この都は釜山浦より遠く、兵糧を運ぶに難儀をいたす。それゆえ、ひとまず安全な地まで引くことも一策として考慮すべきかと……」

光泰が遮った。

「安全な地とはいずこのことだ。そんな腰の抜けたことで、戦ができるものか」

「腰の抜けたとは聞き捨てなりませぬな」

三成も声を荒らげて反論する。

「それがしは、戦わぬと申しておるのではござりませぬぞ」

「ほう、まことか」

「籠城の評議ならまだしも、城外に出でて野戦をするなど、実のない匹夫《ひっぷ》の勇に過ぎぬ」

「言うたな」

「問題は兵糧でござる。兵糧がなくてどう戦うと申されるか」

「兵糧がなければ、砂を喰うまで」

「馬鹿な」

光泰と三成のくだらないやりとりに広家はうんざりし、これでは叔父が出席したがらないのも無理はないと思った。地図をはさんで向かい側の席に座る恵瓊に目をやれば、これも渋面をつくって黙り込んでいる。三成と親しいのが自慢なのだから、二人のあいだに割って入ればよいものを、などと広家が思っていると、別な男が、

「お待ちあれ」

と高らかに言った。

一同のうち、一番の上座をしめる二十二歳の若者、すなわち備前宰相、宇喜多秀家である。

秀家の父直家《なおいえ》は、まさに戦国期の下克上の風が生み出した男と言えるだろう。権謀術数の限りを尽して、一代で備前一国、および備中《びっちゅう》の一部と美作《みまさか》の一部を支配する戦国大名

にのしあがった。織田家の部将として秀吉が中国地方へ進出し、自己の領国が織田と毛利の抗争の焦点になったとき、はじめ毛利に従っていた直家はやがて、織田方へ寝返った。

その直家が天正九年（一五八一）に病死すると、秀吉は宇喜多家を味方に引き止めておくため、直家が残したわずか十歳の八郎《はちろう》を我が子のように膝下で育て、翌年、家督を継がせた。元服したときには自分の偏諱《へんき》を与えて秀家と名乗らせ、猶子《ゆうし》とした。よって、この若者は豊臣一門に準ぜられ、いまも総大将として遇されている。

宇喜多氏は、広家にとっては毛利を裏切った宿敵でもあるが、秀吉はそこをうまく調停した。すなわち、毛利三家の広家に秀家の姉を妻《め》あわせたのだ。不幸にもその妻女とは死別したが、いまでも秀家は広家の義理の弟であった。

「兵糧のことはわかったが、我らが釜山浦近くまで引いてしもうたら、加藤主計頭《かずえのかみ》殿はいかがあいなろう」

秀家は美男の評判高い若者であったが、その紅顔をいっそう上気させ、三成をきっとにらんで尋ねた。

秀吉やその正妻、北政所《きたのまんどころ》のそば近くで育てられた者たちのあいだで、加藤主計頭清正は兄貴分として慕われていた。その清正が率いる軍は、朝鮮と明の国境に近い咸鏡道にまで攻め込んでいる。ここで漢城の諸将が引き上げてしまえば、清正らはつなぎもなく奥地に取り残されてしまうではないか、と秀家は言っているのだ。

「非情ではないか」

とまで、秀家は言った。秀吉の厚い寵を受ける秀家になじられて、さすがの三成もうろたえた様子である。

「いや、都を引き上げると申しているのではございませぬ。態勢を立て直し、ふたたび盛り返すためには、慎重な判断も必要だと申しているまで。そのほうが、主計頭殿も心強く思うはず」

「我らが逃げ腰だと知れば、明や朝鮮の者どもが力を得、主計頭殿は難渋するやもしれぬ。やはり非情ではないか」

すると脇から、三成と同調する増田長盛が口をはさんできた。

「主計頭殿には引き上げるよう、何度も呼びかけてござる。されど、まるで承引なされぬ。あのような、お味方の足並みを乱す者が敵に囲まれたとしても自業自得」

「貴様、もういっぺん申してみよ」

叫んで立ち上がったのは長政だった。秀吉の天下取りを支えた黒田孝高《よしたか》（如水《じょすい》）の子であるが、血の気が多く、父のような帷幄《いあく》の軍師というよりは、現場の野戦指揮官としての才にめぐまれていた。いまも大きな口をへの字にゆがめ、怒りをむき出しにしている。

「主計頭殿を見殺しにすると申すのだな」

斬りかからんばかりの勢いで長政がわめいたため、長盛は色を失った。

いっしょになって長盛を責める者、まあまあと宥《なだ》める者、仲間割れをしている場合かと演説する者と、さまざまな怒号が入り乱れ、広家は思わず、両耳の穴に指を突っ込んだ。

だがしばらくして、広家ははっとなった。指を耳から抜き、膝の上に置いて居住まいを正してしまった。部屋の隅に隆景が立っているのに気づいたのだ。醜態をさらしている一同を、いつもの眠たげな目で眺めまわし、それから、迷うことなく総大将秀家のそばへ近づいていった。

ひとり静けさに包まれた隆景の姿は、まるでどこかから射した光に追いかけられているように際立って見えた。そのせいか、誰もが次第に隆景に目を向け、口を閉ざしていった。秀家のそばにいた者たちは立ち上がり、席を譲る。秀家の隣の床几《しょうぎ》に隆景が腰掛けたときには、一同は静まり返っていた。

「よいところへ参られた、筑前侍従殿」

沈黙を破り、百万の味方を得たとばかりの嬉しげな声をあげたのは、三成だった。

「話は聞いておられましたか」

三成は尋ねてから、北方進出策や籠城策、撤退策などで軍議が紛糾していたことを手短に説明した。それから、こう促した。

「侍従殿は、音に聞こえた戦上手。是非ともご存念を承りとう存ずる」

とうとう、三成の思い描いたとおりの展開になったかと思うと、広家はけったくそが悪い気がしないでもなかった。隆景は広家にとって疎ましい存在ではあるけれど、いっぽうで、その名将ぶりは毛利一族の誇りでもあったからだ。その誇りが、三成の策に簡単に利用されるのを見るのは面白いものではない。

しかしこの際、毛利一族としても選択肢は撤退しかなかったし、ここで隆景がどのような演説を行うのかは、広家にも楽しみであった。単に三成らとあからさまに撤退を主張すれば、本気で〈大明征伐〉を行おうとする秀吉の叱責を受けかねない。秀吉の機嫌を取りつつ、毛利家に利益をもたらすために、隆景はどのような知略を用いるであろうか。それを、広家は知りたかった。

ところが、当の隆景は何らの反応もせず、じっと大地図を見つめるばかりだ。

「いかがなされた」

と、三成はもう一度促した。他の諸将も、これまで一切姿を見せなかった隆景が何を言うかと、固唾《かたず》を呑んで見守っている。

ずいぶん時間がたってから、隆景は顔を上げ、ぼそっと言った。

「城の外にて大明の兵を迎え撃つこそ、良策かと存ずる」

三成の短軀は固まった。恵瓊も信じられない様子で大口を開けている。

いや、広家自身、みずからの耳を疑った。あの叔父が、このような馬鹿なことを言うはずがない。もともと何の益もない戦いである。北方へ進出して戦うなどすれば、ますます損害が大きくなるだけではないか。しかも、毛利家の総師である隆景が率先してそのような戦いを主張し、大敗したとなれば、激怒した秀吉は、それこそ毛利家に厳しい処罰を加えるかもしれない。

「北方へ進軍し、野戦にて勝敗を決す。それ以上の策は、それがしには考えられぬ」

なおも言う隆景に、三成は反論をはじめた。

「面妖な。毛利両川として名高い貴殿ともあろうお方が――」

隆景は軍扇を持った手を上げ、三成の言葉を遮る。

「太閤殿下は古今に類なき弓取りゆえ、そのお手のうちで働いてまいられた方々は、勝ち戦ばかりに慣れ、負け戦の仕置きは不慣れでござろう」

三成は青ざめた。お前など、秀吉という英雄の尻馬に乗って偉くなっただけではないか、と見下すような言い方だったからである。権勢を誇る奉行に対し、隆景があまりに大胆な発言をしたものだから、周囲も驚き入っている。

「我らはひとたび負けて後、勝ちを得たことが度々ござるゆえ、この場はおまかせあれ」

すまして言うと、隆景は手にした軍扇を大地図の上へと伸ばした。気を呑まれた一同の視線が、その軍扇に吸い寄せられる。

やがて扇の先は、漢城よりやや北の一点をひたと打った。諸将の首が伸びる。そこには「碧蹄館《へきていかん》」と書かれていた。

「決戦地はおそらく、このあたりでござる」

まるで木仏がしゃべったかのように、隆景は瞬き一つしなかった。

隆景に翻意を迫ろうとしてか、三成は何事かを言おうとした。しかし、光泰や秀家らの野戦論者が「さすがは、小早川殿」、「軍議決したり」などと口々にわめいたために、かき消されてしまった。

増田長盛も、大谷吉継も体を震わせ、手を上げて、居合わせた人々の関心を引こうとしたが、野戦の流れを変えることはできなかった。総大将たる秀家の横にぴたりと寄り添いつつ、隆景は諸将を部署すると、さっさと帰っていった。他の将たちも、戦の準備のために次々と議場をあとにした。

その後も、広家はしばらく放心状態で居残っていた。隆景の真意がまるでわからず、夢の中にいるような気分だった。

広家が我に返ったのは、聞き慣れた「蔵人頭殿」という濁声をまた聞いたからであった。すぐ隣に恵瓊が仏頂面で座っていた。

「拙僧は貴公にお頼み仕ったはず。叔父御に、よしなにお説き申し上げてくだされと」

外は冷たい雨が降っているというのに、恵瓊は茹《ゆ》で蛸《だこ》のように真っ赤になってなじった。

「お奉行衆の御意に従うべしと申したでござろう。それを、北方へ進み出て野戦をなすなどと——」

「それがしは、貴僧の言葉をきちんと叔父上へ伝え申した」

「もし、野戦を行い、明軍に大敗してみい。その責めは、毛利家が負うことになりましょうぞ」

「知らぬわ。文句は叔父上に申されるがよかろう」

恵瓊は床板を踏みならして、勢いよく立ち上がった。

「毛利両川と申さば、かつては音に聞こえたものでござった。それがいまや、道理もわからぬ老いぼれと、若造になってしもうた」

広家もかっとなって立ち上がった。

「この糞坊主め」

「情けなや。毛利のお家のために、拙僧がどれほど苦労しておるかも知らずに」

半ば泣き顔でぶつぶつ言いながら、恵瓊は去ってしまった。

ひとり残された広家は怒りのやり場を失い、同じ場所を行ったり来たりした。あの坊主の思い上がりぶりは何であろうか。そういまいましく思いながらも、自分も恵瓊と同じように先行きに不安を抱いている。

いずれにせよ、漢城の日本勢は野戦のために動き出した。明軍も確実に南下しつつある。唐入りの行方を決めかねない、日明の主力同士の激突が、まさに目と鼻の先に迫っていた。

過ぎてはならぬ

一

豊臣秀吉が万暦《ばんれき》二十年（宣祖二十五年、文禄元年、一五九二）四月に十数万の兵を朝鮮に送り込んで以来、朝鮮国王李昖《りえん》（イ・ヨン／宣祖）は宗主国の明に救援を依頼していたが、明朝首脳部の態度ははじめ、慎重であった。朝鮮は日本と共同して明を攻めるつもりではないかと疑ったからだ。しかしやがて、「朝鮮は明にとり唇歯《しんし》の国である」、すなわち、両国は唇と歯の関係で、唇が滅びれば歯とて滅びるほかはないとの説が有力となり、皇帝朱《しゅ》翊鈞《よくきん》（万暦帝）は派兵の決定を下した。

同年の七月に一度、明軍は小西行長、宗義智らが籠る平壌城の攻略に失敗したが、十二月二十三日、今度は総兵官（総司令官）、軍務提督李如松《りじょしょう》が鴨緑江を渡り、翌年の現地暦一月六日（日本暦五日）に同城を約四万の兵で包囲した。八日（同七日）に平壌の日本軍を敗走させた後、如松はさらに兵を進め、十九日（同十八日）には開城に入った。

だがそれ以降、明軍の動きは緩慢であった。朝鮮の領議政《りょうぎせい》（首相）、柳成龍《りゅうせいりゅう》（ユ・ソンリョン）がしばしば「漢城を占拠する倭賊（日本兵）を追い払っていただきたい」と頼みにきても、如松やその副官たちは相手にせず逗留をつづけた。決して日本軍を恐れていたせいではない。そこで朝鮮人たちに接待をさせ、遊興にふけっていたのだ。

如松は歴戦の勇将である。この頃、明王朝を悩ませていたのは〈北虜南倭《ほくりょなんわ》〉（北方の蛮族と南方の倭寇）だが、遼東鉄嶺《りょうとうてつれい》に生まれた彼は、その人生のほとんどを北方異民族との戦いに捧げてきたと言ってよい。そもそも、父の李成梁《せいりょう》が女真《じょしん》族、韃靼《だったん》族らとの戦いによって功をあげ、寧遠《ねいえん》伯に封ぜられており、如松も若年より父に従って幾多の戦場を踏んできたのだ。いま如松が率いているのは、騎馬を中核とした遼東の北兵と、火器を得意とする浙江《せっこう》の南兵による混成軍であったが、北兵のほうは彼の私兵に等しい。すなわち、如松のこれまでの戦功を支えてきた精鋭たちだ。

いっぽう、この頃の倭寇のほとんどは日本人ではなかったが、中国では昔から日本を〈倭〉と呼んできた。この字の〈委〉の部分は体が萎えて縮んでしまった様をあらわしている。つまり、〈倭〉とは肉体的な「ちび」、あるいは徳智の面での「小人」という意味の蔑称である。そのようなつまらぬ連中に天兵（天子の兵、すなわち明兵）が、ましてやその中でも精鋭無比を誇る北兵が負けるはずがないというのが、如松周辺の一般的な認識だった。

彼らがようやくに動き出したのは、漢城から逃げてきた朝鮮人たちが口を揃えて、

「倭賊どもは天兵を恐れ、逃げる算段をしている」

と告げ知らせたからである。

日本軍撃退の機を逃してはならないと踏んだ如松は二十六日(同二十五日)、坡州《はしゅう》まで軍を進めた。そうして、副総兵査大受《さだいじゅ》らに付近を偵察するよう命じた。その斥候隊が日本軍と遭遇してみると、朝鮮人たちの報告は誤りではないことがわかった。日本の兵たちはろくに戦いもせず、背を向けて逃げ出したというのだ。斥候隊は苦もなく、日本兵の首級六十余を獲って帰ってきた。

如松はいっそう自信を強め、ただちに出撃する決意を固めた。

二十七日(同二十六日)朝、甲冑をひらめかせつつ馬上にあがった如松は、曇天を見上げながら、麾下の兵どもに言った。

「雨もやんだ。天は我らに味方している」

海原がうなったように、眼前を埋め尽した兵たちがどっと歓喜の声をあげた。

「功を逃したくない者は遅れるな」

叫ぶや、如松は馬の尻に鞭を当てた。周囲の騎馬兵たちも鞭をふるう。馬が走り出すと、徒《かち》の者たちも必死に追いかける。

遅れるな、という言葉は、如松がみずからに言い聞かせたものでもあった。すでに、査大受の軍勢が先発していたからである。逃げ腰の日本兵を先遣隊が蹴散らしてしまえば、手柄を逃すことになる。そう思って、如松は南方出身の砲兵部隊の多くは坡州に残し、足の速い北兵たち、すなわち騎馬兵を主力とした二万の軍勢をみずから率いて決戦場にのぞむ決定を下していた。

如松は隊伍などかまわず、急ぎに急いだ。そのせいか、碧蹄里《へきていり》周辺の渓谷への、北の入り口にあたる恵陰嶺《けいいんれい》を越えるときには落馬した。襁褓《むつき》のうちから馬に乗っているようなこの男には、珍しいしくじりである。

胴や顔面に強い衝撃を受けたが、幸いに大事なく、如松はすぐに換え馬に跨がり、南の碧蹄館方面へ、ふたたび飛翔するように駆けていった。

碧蹄館とは、日本里程にして漢城の北西四里半（約十八キロ）にある宿駅、碧蹄里に建つ客館のことである。坡州と漢城のほぼ中間地点に位置しており、明朝の使節が漢城に入る前にかならず逗留して饗応を受ける場所だった。東西の幅三、四町（約三、四百メートル）、広いところでもせいぜい七、八町の渓谷が南北に一里余りつづいており、望客峴《ぼうきゃっけん》、礪石嶺《れいせきれい》などの小山に囲まれたその南端はやや広がって湿地が多く、水田地帯となっている。

実は如松が馬を疾駆させているとき、この渓谷ではすでに日明両軍による激戦が開始されていた。早朝に査大受率いる一万近い先遣隊が、筑後柳川《やながわ》城主、立花宗茂《たちばなむねしげ》率いる三千余と遭遇したのだ。

そのときの立花勢の役目は偵察であって、石田三成や大谷吉継などの朝鮮奉行たちからは、「後から漢城を発つ本隊と合流するまで、明軍との交戦はできるだけ避けるように」との訓示を受けていた。しかし、物見が敵と遭遇してしまった以上いたしかたなく、宗茂は明軍があらわれた旨を報告する使者を漢城に走らせるとともに、礪石嶺の南なる弥勒院《みろくいん》前野《ぜんや》へ布陣して戦闘を開始した。

宗茂からの報告を受けた日本軍の事実上の大将、小早川隆景はただちに諸将に出発を指示したが、大軍はそうやすやすと進むことができない。なにせ、小早川隆景隊約八千、小早川秀包《ひでかね》、筑紫広門《つくしひろかど》隊約五千、吉川広家隊約四千、黒田長政隊約五千、石田三成、増田長盛、大谷吉継ら朝鮮奉行の隊約五千、同じく奉行の加藤光泰、前野長康《まえのながやす》の隊約三千、宇喜多秀家隊約八千、あわせて四万近い兵数なのだ。

後援の本軍が遅々として到着しないあいだ、立花勢は圧倒的多数の敵を相手に、家中の名うての勇士たちを失いながらも、一歩も引かずに戦った。そして、激闘二刻半（約五時間）が経過したころ、敵がいったん退却したため、ようやくに休息することができた。

この立花勢奮戦の報は、碧蹄館を目指して北上する後続軍にも伝えられた。話が広まり、兵たちも一様に武者ぶるいしている。その後ろから、彼らを追い越して馬を走らせる男がいた。大谷刑部少輔吉継である。

吉継は秀吉の小姓あがりで、いまや北国の要衝《ようしょう》、敦賀《つるが》を中心に五万石を領するまでに出頭した男だ。彼の目当ては隆景であった。

「今朝の柳川殿（宗茂）のお働き、かくれもなき見事なもの」

隆景の馬にみずからの馬を寄せながら吉継が言うと、大ぶりの鍬形《くわがた》を立てた兜《かぶと》をかぶる隆景は、

「いかにも」

とだけ答えた。まるで、宗茂の活躍をあらかじめ知っていたような風情である。

出発前の軍議で、宗茂が先鋒を承りたいと申し出たとき、立花勢は少勢であるから余人を選ぶべし、という意見も多かった。だが、あえてその願いを許したのは隆景自身だった。

「さすがは、筑前侍従殿のお見立て」

吉継はわざと隆景を持ちあげてから、こうつづけた。

「さて、敵を追い払うた以上、もはやよき潮時。兵を都（漢城）へ引き上げるべきではござるまいか」

それが、吉継が隆景に告げにきたことであった。吉継や三成らは、それまで籠城を主張し、漢城より北方に進出して明軍と野戦を行おうとする説には強硬に反対してきた。

しかし、隆景は吉継のほうへは目もくれず、おのれの馬も、率いる軍勢も止めようとし

ない。

「侍従殿、この期《ご》に及んでの進軍はご無用と存ずるが」

吉継が重ねて言ったとき、老将はようやく口を開いた。

「敵はまた参る。お若い方にはわかるまいが、まことの戦はこれからでござるよ」

隆景の言葉は、いつものごとく穏やかであった。だがそうであるがゆえに、かえって吉継には刺《とげ》のあるものに聞こえた。立腹しつつ、吉継は馬首を返すと、仲間の三成らのもとへと帰っていった。


碧蹄里付近に来たとき、李如松は馬の脚をゆるめた。味方の兵が前方から退いてきたのに出会ったからである。副総兵、査大受麾下の軍勢だった。みな、疲れきった様子で、如松率いる本隊を見てほっとし、地面にへたり込む者もいた。やがて、大受自身が、副官らとともに帰ってきた。

大受もまた、やつれた顔をしていた。如松が与えた革袋の水を喘ぎながら飲み、それから言上した。

「閣下、倭賊を侮ってはなりませぬ」

矛《ほこ》を交えた倭賊は死を恐れぬ者どもばかりで、わずか二、三千の兵ながら、数倍する我が方と互角以上の戦いをつづけたという。

「ゆめゆめ、侮られませぬように」

だが、大受が土気色の顔で述べたその言葉は、如松の耳には警告としては響かなかった。「倭賊が逃げず、目と鼻の先でぐずぐずしている。これは大功の好機である」という意味に解釈して、天に感謝した。

如松はしばらくその場にとどまり、退却してきた兵と、あとからようやく追いついた兵を集めて隊伍を整えた。総勢三万近い。それから、鉦《かね》や太鼓を打ち鳴らしつつ進軍するよう命じた。

兵を進めるうち、こちらの三分の一ほどの数と見える倭兵が、渓谷の南部の山の麓にたむろしているのが見えた。派手やかな、色とりどりの旗を風になびかせてはいるものの、そのしんと静まり返ったさまが、谷間に響きわたる太鼓の音におびえた羊の群れのようで、如松は脳髄がとろけるような恍惚感をおぼえた。この瞬間こそが、武官にとって最も幸福なときであろうと思う。

蓋をかぶせたように、渓谷の上を厚い曇が覆っている。付近はここのところ雨や雹《ひょう》がつづいており、谷間を流れる川は水量を増していた。その一つ一つの光景を目に焼き付けるように、如松は周囲を見まわし、言った。

「天地が微笑んでおる」

両軍の距離が縮まっていき、やがて双方が駆け、ぶつかり合うときがやってきた。渓谷に鬨《とき》の声が満ちる。如松の号令一下、明軍は帯のような縦長の隊形で突進をはじめた。騎馬兵は重たい泥をはね上げながら、急峻な斜面を転がる落石のごとく、日本兵の群れになだれ込んでいった。

いざ戦いがはじまると、先ほどの大受の進言はまるで当たらなかった。倭賊はひどくだらしがなく、天兵の蹄《ひづめ》を恐れてただただ退却するばかりである。

今だ、蹴散らせ、休むな、攻め立てろ。

如松は声を嗄《か》らして兵どもを叱咤《しった》し、みずからも宙を舞うほどの勢いで馬を走らせた。敵のただ中に躍り込んだ明勢は、当たるを幸いと刃をふるい、日本勢を押して押しまくった。

だがそのうちに、馬が思うように走らなくなった。如松たちは、渓谷南部の水田地帯にはまり込んでいたのだ。たっぷりと雨水を含んだ泥土が、鳥黐《とりもち》のように馬や徒兵の脚をとらまえる。

それに気づいたとき、明軍を見下ろす左右の丘の頂に、黒雲が地を舐めるごとく人影がわきたった。新手の敵勢だった。みな、黒く細長いものを持っており、その先をこちらに向けて並べたさまは針鼠《はりねずみ》を思わせた。

その針毛が、耳をつんざく音を上げていっせいに火を噴いた。鉄炮《てっぽう》だった。

如松の目の前で、木枯らしが木々の葉を払い落とすように、天兵が次々と落馬し、泥土に崩れた。爆音はいつまでも鳴りやまない。蛮人どもは大量の鉄炮を入れ替え、入れ替えして撃ちかけてくる。あたりは、硝煙の臭いで満ちた。

罠だったか、と如松は歯嚙みしたが、ときすでに遅かった。

倭賊はわざと弱きを見せて、周囲に兵を伏せた泥濘《でいねい》のうちにこちらを引き入れたのだ。

如松がそのことに冷めきった頭でようやく気づいたとき、味方の骸《むくろ》が一帯の泥地を埋め尽していた。

鉄炮の一斉射撃が一段落すると、蛮人たちは槍先をそろえて、両側の丘陵の斜面を駆け降りてきた。左右から万力で締め上げられるように攻め立てられて、明軍は総崩れの体となった。

「馬鹿な……天兵が敗れるなどありえぬ」

如松の兵は確かに歴戦の強者ばかりだったが、彼らが得意としたのは、乾ききった平原に馬をずらりと並べて敵を蹴散らす戦法であった。しかし、この戦場は丘陵や渓流などによって複雑に織りなされており、しかも雨が多くぬかるんだ地であって、騎馬戦には向かなかった。いっぽう、比較的に朝鮮に似た土地に生まれた日本の将兵は、山や谷、森をうまく利用し、兵を伏せて戦うことに慣れていた。しかも戦国の世を経てきた日本には、当時世界で最も多くの鉄炮が集まっており、鉄炮を使った戦法もまた群を抜いて蓄積されていた。

明は鉄炮（鳥銃）はあまり持たなかったが、大砲などの大型火器では日本を上回っていた。砲兵の主力を坡州に留めおいていなければ勝敗はわからなかったはずだ、とも如松は思って悔しがったが、それもいまとなっては無益な後悔であった。

左右両側から突き崩されているところへ、駄目を押すように正面からも、いったん引いて態勢を整えた敵が津波のごとく押し寄せた。三方から攻められては、もはや明軍には隊伍も指揮もなかった。如松は倭将の奸智や、それにまんまと陥ったおのれの愚を恨むよりは、ひとたび笑いかけながら手のひらを返した天の非情を恨んだ。敵味方乱れ入る中で、羽をもがれた如松は馬首にしがみつき、絶叫した。

「おのれっ」

如松を守るべく彼の馬の周囲を固めた者たちが、敵の鳥銃や槍によって次々と倒れてゆく。その中を、如松はほとんど一騎駆けに逃げた。そうして、文字通り九死に一生を得て戦場を離脱した提督は、坡州から開城、さらには平壌にまで逃げていった。

後日談になるが、如松は再起を図るどころか、皇帝のもとに「臣は病《やまい》が重いので、総兵の任を解いていただきたい」と書き送った。希望通り朝鮮での任を解かれ、遼東に帰った如松には、もはやかつての自信や威厳はなくなっていた。別人のようにやつれた如松は、この碧蹄館の戦いの五年後に、北方の蛮族に討たれて死んでいる。

この戦いで、広家とその兵も敵正面の軍勢に加わり、大いに戦功をあげた。日本勢はさらに、壊乱状態で逃げる敵を追撃していったが、渓谷北端の恵陰嶺付近にいたったところで、隆景は攻撃中止を命じた。立花宗茂ら、さらなる追撃を主張する者もいたが、隆景がゆずらなかったため、日本諸隊は漢城へと引き上げることになった。

その夜、漢城外の隆景の陣所には、大勝利に歓喜する諸将が祝賀に集まった。広家も、叔父に戦勝の賀詞を述べるために参上したが、先客が多く、隣室でずいぶんと待たされる始末であった。

それにしても、弱気を見せて泥濘中に敵を引き入れ、三方から殲滅《せんめつ》する隆景の巧みな戦術には、広家も驚嘆しないではいられない。昼過ぎに戦闘が終了してから相当の時間が経過しているが、崩れ去る敵のありさまがときおり眼前に浮かび、興奮の震えが止まらなくなった。

待つ間、先に隆景との面会を終えた諸将が上機嫌に隣室から出てくるのに出会ったが、その中で安国寺恵瓊だけが、苦々しげな顔つきをしていた。話をしたくなかった広家はわざとそっぽを向いたが、恵瓊のほうからそばへやって来る。

「まったく、あれほどお奉行衆のご意向に逆ろうてはならぬと申し上げていたのに」

広家が腰掛ける床几の前に立ち、恵瓊は誰に向かってか、ぶつぶつ言う。広家はなおも無視しつづけていた。

「されど、本日のご一同のお働きは天晴《あっぱ》れと申すよりほかはござるまい」

自分が大将であったかのような口ぶりだ、とあきれつつ見れば、恵瓊は顔をほころばせていた。

「中でも、功の筆頭はご当家にござろうの」

恵瓊がご当家と言ったのは、毛利宗家およびその親族である小早川、吉川などのことであろう。

平素の饒舌《じょうぜつ》ぶりに輪をかけて、さらに恵瓊は、太閤殿下の股肱《ここう》多しといえども毛利一族が最も強いのではないか、おそらく徳川《とくがわ》、前田《まえだ》、伊達《だて》なども足下にも及ぶまい、などと止めどなくまくしたてた。

このあいだまで明軍との勝負は避けるべきだ、敗北すれば太閤からどのような責めを受けるかわからない、などと言っていたのは誰だと、広家はうんざりする。それでも、恵瓊の言葉は止まらない。

「されどまったく、筑前侍従殿にも困ったものよ。これだけの大勝利と申すに……下々と悲喜苦楽をともにするのが良き将というものではござらぬか。それを、人が悲しむときに喜び、人が喜ぶときに悲しむ臍曲りが名将だと思い違いをしておられるらしい」

もう言いたいことは言い尽したということだろうか、何のことかと不審に思う広家を残して、恵瓊は立ち去ってしまった。あの男は、見知った顔があるたびに立ち止まって、隆景に対する不満を言ってまわるのかもしれないとも広家は思った。

やがて、あらかた他の客が去ったころになって、広家は隆景の近習に呼ばれ、隣室へ入っていった。

ようやく対面できた叔父は桶側胴《おけがわどう》を鎧《よろ》うたまま、うな垂れ、折烏帽子《おりえぼし》を載せた頭を落としていた。鬼神のごとき采配を見せつけた大将らしさはまるで見受けられず、捕えられた亀のようだった。

「こたびの勝ち戦、まことにもって祝着《しゅうちゃく》至極……」

と、広家が賀詞を述べかけたとき、老将はうるさそうに顔を上げ、何やらぼそぼそとつぶやいた。聞き取れなかった広家は、手を当てた耳を叔父に向けた。

「つまらぬことをした」

隆景の声は、今度ははっきり聞こえた。

「つまらぬ、とは……」

「こたびの戦のことよ」

「何を仰せられる。お味方、大勝利にござる」

「勝ち過ぎたのだ」

言い捨てると、隆景はまた首を落とした。

諸事を熟慮の上に進め、後悔などしたこともなさそうな叔父が、いまひどく悔いているらしい。それに驚かされたのもさることながら、武将として、勝ち過ぎては旨くないなどという発想を持ったことのない広家は、言葉を失った。まったく、得体の知れぬお方だ。

　黙ったままの広家に対し、隆景は憤った声をあげた。

「そなたは、まことにこれでよいと思うておるのか」

「何がでございます」

「これでは、上方にも、西国にも心得違いをする者が増えるばかりだ」

　上方とは豊臣秀吉やその側近の奉行たちで、西国とは毛利家のことか。心得違いとはいったい、何のことだろうか。広家が戸惑っていると、隆景は頰を痙攣《けいれん》させて目をむき、軍扇で床几を叩いた。いつも穏やかな叔父の態度とはまるで違うため魂消《たまげ》たが、ひるんでなるものかと声をあげる。

「どうせ、それがしはうつけでござるわ。叔父上になどかない申さぬ。それゆえ、毛利のお家を背負って立とうなどとは思わぬのでござる」

　広家が立ち上がると、隆景はまた静かな口調に戻った。

「本日は、わしはしくじった……だがよいか、奉行衆のやることに呑まれ過ぎてはならぬのだ」

　部屋を出ていきながら、広家ははっきりと思った。長らく毛利家のために協力して働いてきた隆景と恵瓊とのあいだに、明らかな罅《ひび》が入っているようだ、と。

二

おのれの痩せて、小さな体軀に引け目を感じているのだろう。その男は、ことさらに大振りの衣を身に着けるのを常とした。今日も、白練《しろねり》に桐竹《きりたけ》の文様を配した、ゆったりとした袷《あわせ》をまとっている。英雄らしく見せるためか、体毛の薄さを隠すべく、付け髭を使用しているのもいつもと同じだ。だが、広家が目を瞠《みは》ったのは、彼が腕の中に、襁褓にくるまれた嬰児を抱いていることであった。

「みな、痩せたの。異国の風がよほどこたえたものと見える」

男が涙を浮かべて言ったため、烏帽子に直垂を身に着けた下段の三人、すなわち毛利輝元、小早川隆景、吉川広家のいわゆる毛利三家は、一様に肩を震わせ、恐れ入ってみせた。

この上段の男こそ、従一位《じゅいちい》太政大臣にして前関白《さきのかんぱく》、豊臣秀吉である。出自はよくわかっていないが、織田信長のもとで頭角をあらわし、天正十年（一五八二）に信長が死んだあと、多くの諸侯を糾合し、また反抗する者どもを討ち果たして乱世をおさめた。

唐入り開始から一年半余、碧蹄館の戦いから九ヶ月余たってようやく帰朝を許された毛利三家の面々は、そろって御礼のため、山城国《やましろのくに》伏見《ふしみ》にある秀吉の御殿に参上していたのだ。すでに、御殿のいたるところに火鉢《ひばち》が置かれる季節になっている。

唐入りに際して、甥の秀次《ひでつぐ》を養子とし、関白職と洛中の邸宅、聚楽第をゆずった秀吉は、京と大坂をむすぶ伏見の、宇治川《うじがわ》辺の指月山《しげつさん》に隠居城を建設していた。普請はまだ継続中であるが、秀吉は先に完成した御殿に、その年、愛妾淀《よど》殿が生んだ拾丸《ひろいまる》（秀頼《ひでより》）とともに移り住んでいたのだ。

「ほれ、拾よ、よう見よ。安芸中納言（輝元）に筑前侍従（隆景）、それから出雲侍従（広家）ぞ。おととが最も頼みにする者どもよ」

秀吉が上機嫌に語りかけたため、輝元、隆景、広家はまたしても、もったいなきお言葉、と口々に言って恐れ入らなければならなかった。

なんと皮肉なことか、と広家は思っている。かつては秀吉など、毛利家の敵、織田家の家来に過ぎなかったのだから。明智光秀《あけちみつひで》の謀反によって、京の本能寺で織田信長が討たれたときには、秀吉はちょうど織田家の部将として、備中高松《たかまつ》で毛利勢とにらみ合っていた。

あのとき、秀吉は毛利方の清水宗治《しみずむねはる》以下三千余が籠る高松城を、四月半ばから三万近い兵で囲んだが、低湿地に建つ城をなかなか攻略できなかった。そこで、ひと月ほどのちには、一里ほどにもわたる堤を築いて付近を流れる足守川《あしもりがわ》を塞《せ》きとめ、城を水没させる作戦に切り替えた。いわゆる〈水攻め〉である。結果として、毛利勢四万も容易に城を救援することができなくなり、東西両軍のにらみ合いがつづくことになった。

それが六月の頭になり、秀吉は突如、和議をもちかけてきた。毛利方の使僧、恵瓊と、秀吉方の参謀、黒田官兵衛《かんべえ》（孝高）とが交渉にあたり、結局、宗治が切腹する代わりに城兵の命を助けることなどを条件に和議はまとまった。

ところが、秀吉が上方へと退却を開始したあとになって、毛利側は信長が光秀に討たれた事実をはじめて知った。つまり、秀吉は光秀を討つためにできるだけ早く和議をまとめて引き上げたいと思っており、信長の死を隠していたわけである。

広家の父、吉川元春をはじめ、事情を知った多くの毛利家中が和議を無効とし、秀吉軍の追撃を主張した。しかし、隆景と恵瓊が強硬に反対したため、結局、毛利軍は動かなかった。そしてその結果、秀吉は光秀を討ち、やがて天下を手中におさめたわけだ。

いま、毛利三家が西国の雄として豊臣政権下で重きをなしているのも、隆景と恵瓊のおかげと言えなくもない。しかし、このような小男に飽き飽きするほど頭を下げなければならないのは、正直なところ広家には癪《しゃく》であった。あの和議のあと、父が主張したように秀吉を後ろから襲ってやっていたら、いまごろ、世の中はどうなっていたか、などという空想にふけりたくなるのは、毛利家中で広家だけではないだろう。

「いや、三人とも痩せた。苦労をかけるのう」

秀吉はまたしても言った。だが、広家のほうが、久しぶりに会う秀吉の衰えぶりに驚いていた。謁見のために参上する者どもの肝を抜くべく、見事に枝を広げた老松や、いまにも獲物に襲いかからんと身構える虎、鋭い眼光と爪を持つ鷹などの、きらびやかな濃絵《だみえ》で御殿は埋め尽されている。そのごてごてとした装飾が、かえって秀吉を小さく見せているようにも思われた。

初めて秀吉という男を間近に見たのは、天正十一年、毛利方の人質として、隆景の養子、小早川元総《もとふさ》（元就九男。のちの秀包）とともに大坂城へ送られたときである。

当時、四十代半ばであった秀吉のことを、二十三歳の広家は内心、見下していた。秀吉が臣下に怒声を張り上げても、大度《たいど》そうに笑いかけたり、気前よく褒美をやっても、あさましくしか見えなかった。周囲から「あれは氏《うじ》もなき者」などと吹き込まれていたせいもあるだろう、父の元春や、兄の元長のほうがよほど器量が上だ、などと思っていた。しかし、秀吉の小さな五体から、周囲をすくみ上がらせるような威厳や力が眩しいばかりに満ちあふれているのは認めないわけにはゆかなかった。

帝の聚楽第行幸を実現し、さらには関東の北條《ほうじょう》氏を滅ぼして日本の統一をなしとげたときには、その眩しさは、面と向かうことが憚《はばか》られるまでになった。ところが唐入りからわずかなあいだに、秀吉はその眩しさをなくしてしまっている。体が細ったばかりか、声にも張りがない。肉体的な衰えもあるだろうが、精神的な苦悩のせいもあるかもしれない、と広家は思った。

まずは唐入りのことだ。当初、秀吉は唐天竺《からてんじく》まで手中におさめ、朝廷を北京に移し、みずからは寧波《ニンポー》に屋敷を構えるなどとうそぶいて朝鮮へ出兵したものの、戦線は膠着《こうちゃく》状態に陥っているからである。もうじき明朝の降伏使がやって来るなどという噂も流れていたが、現地の様子を知る広家にはにわかに信じられなかった。

　そしてもう一つの苦悩は、腕の中で眠る血を分けた我が子、拾丸の行く末のことだろう。

「この三人は、戦場では余人に引けを取らぬもののふぞ。恐ろしい顔をしておるが、そなたには優しゅうしてくれるから安心するがよい」

　秀吉は泣き笑いで赤子に言うや、

「のう、方々」

　と自分の左側へ声をかけた。

　そこには、まず同じく上段に座る養子の羽柴秀俊《はしばひでとし》がおり、さらに上段とのあいだを仕切る框《かまち》のすぐ下に、徳川家康《いえやす》と前田利家《としいえ》がいた。

「まことに仰せの通り。お三方のお働きには、それがしもただただ感服するばかり」

　と答えたのは、江戸大納言《だいなごん》、家康だった。秀吉が細くなったのに反比例して、体つきはますます肥えていたが、態度のほうは秀吉に臣従して以来、小さなままである。秀吉の前で言葉を発するというだけで、ひどく恐縮した様子だ。

　信長が死去したあとの天下の覇権をめぐり、家康はかつて秀吉と矛を交えた。秀吉はとうとう家康を軍事的に屈服させることには失敗し、外交によってようやく臣従させることに成功した。

軍事面ばかりか、経済面でも、家康の力は侮れない。もちろん、秀吉は二百二十万石ほどの蔵入地《くらいりち》を持つ上に、みずから大名に取り立ててやった臣が大勢いる。その上、全国の金銀山や、海外との貿易で大きな利潤《りじゅん》をあげられる港も支配しているから、家康を凌駕《りょうが》してはいた。けれども、徳川家の封土《ほうど》も実に二百五十万石以上にのぼる。秀吉が外征をはじめたのも、海外で領地を増やすことによって、豊臣家の経済上の優位をよりいっそう決定的にするためではないか、と考えられなくもなかった。

これほどまでに大きな力を持つ家康であるから、政権の安定のためには、秀吉は非常な気を使わなければならなかった。家康にはつねに、臣下というよりは、大事な客人を遇するように接している。けれども、家康のほうはいくら厚く遇されようとも、秀吉に対する恭《うやうや》しさはいささかも崩さなかった。秀吉自身がしばしば「徳川殿は律義者よ」と驚きの言葉を漏らすほどである。

「そなたも、よくよく頼みにいたすがよいぞ」

と、秀吉は今度は秀俊に言った。

わずか十二歳の秀俊は、恥ずかしげに輝元、隆景、広家の三人へ目をやると、すぐに視線を逸らした。それから頬を染め、意味のわからない笑みを浮かべた。

秀俊は、秀吉の正妻である北政所の兄、木下家定《きのしたいえさだ》の五男だった。丹波亀山《たんばかめやま》十万石を与えられたのち、先年には従三位《じゅさんみ》、権中納言《ごんちゅうなごん》兼左衛門督《さえもんのかみ》という高い官職に任じられた。衛門督の唐名が金吾《きんご》であるので、少年ながら「金吾中納言殿」と呼ばれて諸侯や公家衆からもてはやされてはいるが、いっぽうで、あまり聡明ではないと噂されてもいた。たとえば、実子には恵まれなかったが子供好きで、加藤清正や福島正則《ふくしままさのり》といった多くの秀吉子飼いの者たちを育て上げたことで知られる北政所も、秀俊のことだけは露骨に「あれは阿呆だ」と言って嫌っているという。

「いや、中でもこたびの筑前侍従殿のお志にはこの家康、感服仕り申した」

「それがしも、承ってござる」

加賀《かが》宰相、利家が感極まった様子で和すと、秀吉もまた目を赤くしてうなずいている。

利家は若年のころは槍の巧者として知られ、骨柄は秀吉とは比べ物にならないほど大きく、しっかりしていた。かつて、ともに織田家の家臣だったこの二人は、いまでは主従関係にありながら、どこか旧友といった風情がある。利家の石高は八十万石ほどで、家康にはまるで及ばないが、秀吉や諸侯からの信望もあり、家康とともに豊臣政権を支える柱《ちゅう》石《せき》ともいえる存在だった。

しかし、秀吉、家康、利家が何の話をしているのか、広家にはまるでわからない。隆景のほうをうかがってみたが、その顔に表情はなく、いつもの眠たげな目があるばかりだ。

「小早川殿が金吾殿の養い親とならば、まさに豊臣・毛利ご両家の絆も盤石《ばんじゃく》。お拾様の行く末にとっても万々歳にござる」

利家が高らかに言うと、家康も、いかにも、と応じる。

「養い親……」

意外な話に、広家は思わず低くつぶやきながら、わきの隆景と輝元を見た。とくに驚いているようでもないから、輝元もこの話を知っていたらしい。

どうやら隆景は、秀俊を養子に貰い受け、小早川家の家督を譲りたい、と申し出たものと見える。そしてその縁組みが、秀吉をはじめとする豊臣政権の首脳たちのあいだで既定事実とされているということだ。毛利三家などといいながら、この場に居合わせた者の中で、自分だけが蚊帳《かや》の外に置かれていたのだと広家は気づき、驚くやら腹が立つやらで五体が熱くなるのをおぼえた。

いま、秀吉が最も恐れているのは、養子の秀次と秀俊が、実子の拾丸と豊臣家の家督をめぐって争うことだろう。秀吉としては当然に、拾丸に関白職と豊臣家の財産を継がせてやりたいはずだ。そのようなとき、拾丸を脅かす二人のうち、秀俊が名門の小早川家に出されると決まれば、秀吉が喜ばないわけがない。

だがそれにしても、広家には隆景の気が知れない。隆景はこれまで筑前名島《なじま》城主として、毛利宗家と吉川家の所領百十二万石とは別に、三十七万余石を与えられていた。つまり、毛利三家が結束すれば百五十万石ほどの実力になるわけだ。しかし、小早川家の家督を秀俊に譲ってしまえば、今後、その所領の管理は豊臣家が秀俊につけた官僚たちが行うわけことになる。
だから、せっかく与えられた大封《たいほう》を、隆景はまるまる豊臣家に返してしまおうとしている
「いや、まことにめでたい。めでたいのう」
そう繰り返しつぶやく秀吉も、付き従う小姓や女中たちも心底嬉しそうだが、ただ頰を染め、微笑むばかりの秀俊の表情からは真意は読めなかった。あるいはその微笑は、おのれの内をのぞかせないための籬《まがき》のようなものなのかもしれない、と広家は思ったりした。

すでに毛利家も伏見に屋敷地を拝領し、御殿を構えていた。輝元、隆景、広家の三人は秀吉のもとを辞すると、ひとまずそこへ参集した。

輝元の御座の間で隆景や、毛利家の老臣たちと顔を合わせるや否や、広家は怒りをぶちまけた。

「金吾中納言殿ご養子の件、それがしは初耳にござるぞ」

みながみな、黙っている。上段の輝元は助けを求めるように隆景へ目をやったが、当の隆景は、いまいましいことに澄まし顔だ。

「小早川家のこととは申せ、かほどの大事。毛利三家たるそれがしにも、事前にご相談くだされてしかるべきはず」

いつもは、吉川家の当主になってしまった自分の運命を恨み、毛利の家政になど参与し

たくないと思っている広家だが、このときはなぜだか腹が立って仕方がなかった。

「そうか、そなたには知らせておらなんだかもしれぬ」

広家の向かいに座った隆景が、落ち着き払って言った。

「急いでおったせいか、つい忘れてしもうた。許せ」

嘘をつけ、と憤り、膝の上で拳をつくって叔父をにらみつけた。

「落ち着かぬか、蔵人。これは小早川家ばかりか、毛利家にとっても大変な慶事ぞ」

輝元が言ったが、広家は無視した。父の隆元《たかもと》が若死にしたために十一歳で毛利宗家を継いで以来、四十過ぎの今日まで、祖父の元就や、叔父の元春、隆景に家政をまかせきりにしてきた木偶《でく》のような奴だと見下げているからだ。だいたい、左右に大きく離れた目といい、細長い髭の形といい、その鯰《なまず》のような顔つきからして、いくら努力しても輝元に対する敬心を抱くのは無理だと思う。

「叔父上には、立派な跡継ぎがござろう」

「あれは廃嫡いたす」

隆景はこともなげに言い放った。

「廃嫡……いかなるご料簡《りょうけん》でござるか。子細を承りとうござる」

「子細も何もない。それがしはただ、日頼様（元就）のご遺訓に従ったまで」

隆景はいつものように微動だにせず、眠たげな目つきで語った。

「『わしが築いた領国を減らさぬよう工夫することこそ、毛利一族のつとめ。子々孫々にいたるまで、いまの領国を越えての野心は決して抱いてはならぬ』と日頼様は仰せ遺された」

「さよう、それがご遺訓」

輝元が肩を持つようにつぶやいたが、隆景もまたそれを無視してつづける。

「このわしが太閤殿下よりご安堵いただいた所領は、もともと毛利家のものではない。いずれは、殿下にお返し仕ろうと思うておったのだ」

そこで、隆景は輝元のほうへ向き、恭しく頭を下げた。

「忝《かたじけな》くも、すでに上様にもご裁可をいただいておる」

上様とは本来、天皇や室町将軍家など、多くの諸侯の上に立つ、きわめて高貴な相手に対して用いられる尊称だ。信長や秀吉も周囲から上様と呼ばれていたが、豊臣家直属の大名と認められる小早川家や吉川家、さらには陪臣《ばいしん》であっても多くの万石以上の者を臣下に抱える毛利家では、輝元のことを内々に上様と称していたのである。

だが、何が上様だと、広家は鼻で笑う。

隆景は、人前では輝元に対して慎み深く接する。輝元本人がいなくても、その座所の前を横切るときには、かならず一度拝跪《はいき》するほどだ。ところが、他の家臣のいないところでは、まさに厳格な師父として輝元に接している。輝元を諫めるに際して手を上げた場面すら、親族の広家は見たことがあった。隆景がひとたび決定したことに、宗家の当主とはいえ輝元が反対できるはずもないのだ。

「さよう、これは慶事ゆえの」

輝元がつぶやいたのを機に、隆景は顔を上げ、また広家を見た。

「よいか、人間、多くを持ち過ぎるとろくなことはないものぞ。勘違いをはじめ、佞人《ねいじん》に唆《そそのか》されやすくもなる。揚げ句は、お家そのものを傾ける」

そう言うと、これ以上の問答は無用とばかりに立ち上がり、隆景は部屋を出ていってしまった。

煙《けむ》に巻かれたような気分で取り残された広家もまた、やおら立ち上がった。

「ただちに京へ帰るぞ」

そばの者に言うと、ろくに挨拶《あいさつ》もせず、輝元の御前をあとにした。

三

表の往来には人の足音や話し声、牛車《ぎっしゃ》の通り過ぎる音などが満ちている。しかし女は、それにはまったく気づかない様子で、広家の隣で寝息を立てていた。夢でも見ているのか、ときどき、広家の腕をつねったりする。

そこは京の色町、六条三筋町《ろくじょうみすじまち》にある女郎屋だった。

広家は、名も身分も問題視されない色町が好きだった。いったん町内に入れば、公家も武家も、大名も給人《きゅうにん》も、商人も百姓も、あるいは神仏に仕える者でさえ、みな同じ「遊客」に過ぎない。もちろん広家があがっている白妙屋《しろたえや》は、町内でも立派な造りで洒落《しゃれ》た中庭などもあり、高くつくほうだ。店の連中も、広家のことをそれなりに身分のある者と感づいてはいるだろう。けれども、吉川家の家来たちと疎遠なままでいる広家は、ほとんど供も連れずに忍びでやって来るから、まさか大名だとは気づかれていないものと思われた。それが心地よい。

名無しなのは、遊女のほうも同じだった。同衾《どうきん》しつつ寝息を立てる女も、「夕霧《ゆうぎり》」という名はあるが、言うまでもなく親につけられたものではない。出自もまったくわからない。わかっているのは、伸びやかな四肢となめらかな肌をもっていること、そして、よく笑うことくらいである。

行灯《あんどん》の光を受けた夕霧の白い肌が磁器のようにきれいに見えて、広家はその肩のあたりを思わずなでた。女の肌に比べて、あまりに醜い自分の掌に愕然とする。

ここ数年で、俺はずいぶん老けた。

朝鮮の風雪にさらされた広家の手はかさついて、皺《しわ》や皹《ひび》に満ちていた。

夕霧の胸が、穏やかな寝息に応じて動いている。息を吸い込み、胸部がふくらんだとき、豊かな乳房が強調されて、広家は思わず手をそこへ移した。乳房を摑むと、女は全身を一度痙攣させたが、目は覚まさなかった。昨夜は二人してずいぶんと酒を過ごした。

「やれやれ、あの唐変木の頭の中はまるで見えぬ」

女の乳をいじりながらも、広家はやはり隆景のことを考えていた。

碧蹄館の戦では、勝ち過ぎてはならぬと申されておったが……今度は、多くを持ち過ぎるとろくなことはない、か。

広家とて、過ぎたるは猶《なお》及ばざるが如し、などという言いまわしを知らないわけではないが、隆景の無欲ぶりこそ度を越しているのではないか。

叔父のやることだから、秀俊を養子にすることにもまた深謀があるようにも思えた。それをあからさまに教えてくれないのは、こちらを鍛えようとしているのか。あるいは、試しているのだろうか。

「いや、あの御仁も耄碌《もうろく》しはじめておるのかも……」

ひとりごちる広家のそばで、夕霧の眠たげな声がした。

「本当にお好きなんだから」

見れば、夕霧は目を開けている。

「もう私はお相手できませぬ」

酒臭い息を吐きながら言うと、乳首をいじっていた広家の手を払いのける。欠伸《あくび》をして、夕霧はまた目を閉じてしまった。

広家のほうも体がだるく、女を相手にしたい気分でもなかった。立ち上がり、羽織を肩にのせると、厠へ向かうべく縁廊下へ出た。風の冷たさに首を縮めた広家は、月明かりのもと、庭先に漬物石のような、ずんぐりとした影があるのに気づいた。藤谷伊知介に違いない。

「女郎屋にまでついてくるか。無粋な奴め」

むかむかしながら廊下を厠のほうへ進むと、庭上の伊知介も身を屈めたままついてくる。

「厠くらい一人で行けるわ」

怒鳴りつけると、伊知介は動かなくなった。

「目障《めざわ》りだ。姿を見せるな」

言い捨て、広家はまた歩き出した。

用を足して戻ってくると、庭に伊知介の姿はなかったが、植木の陰にでも隠れて、こちらを見ているのは間違いなかった。胸糞が悪かったが、これ見よがしについてこられるよりはましだと自分に言い聞かせ、広家は部屋へと戻っていった。

ところが、障子戸の引手に指をかけようとしたとき、裏路地へと通じる、庭の奥の木戸が動いて、別な影があらわれたのに気づいた。立ち止まって見ていると、相手はいささかためらった様子ながらどんどん近づいてきて、月明かりに全身をさらした。ひょろりと痩せている。

「何者だ」

と広家が声をかけると、相手は、

「おととはおりましょうか」

と、応じた。幼い声だ。しかもよく見ると、この寒さの中、薄汚れた粗末な単衣《ひとえ》を着た、色町にはおよそふさわしくない少年であった。

「おとと、だと……」

「表で、こちらにおると聞いてまいりました」

少年がおののいた口調で答えたのと同時に、右手の植え込みの葉が乱れ散った。こら、と叫びながら、伊知介がこちらへ駆けてくる。

「無礼であろう。このお方をどなたと思うておる」

伊知介はそばまで来ると、少年の頭をはたいた。少年は細い体を折り畳み、地べたに平伏する。そのわきに、伊知介も蹲踞した。

「このようなところに参ってはならぬことくらいわかっておろう。そなたももう、童ではあるまい。さあ、早々に去《い》ね」

伊知介の口ぶりから、親しい間柄とわかる。いっぽうの少年も、広家に対しては恐れ入った様子ながら、伊知介には堂々と反論した。

「おかかが、銭をもろうて来いと言った」

大勢の敵を前にしても動じない伊知介が、あからさまにうろたえている。

「明日、おとどのところへ出直せ」

「いますぐもらわねば、帰れぬ」

広家は口をはさんだ。

「伊知介、これはそのほうの倅《せがれ》か」

「は……前の女房とのあいだの子にござりまする」

伊知介は、ばつが悪そうに答える。広家は、今度は少年に問うた。

「名をなんと申す」

「太一郎《たいちろう》と申しまする」

「いくつだ」

「十一にございます」

はきはきとした物言いに、広家は好感を持った。朝鮮での戦に忙しかった広家は、まだ嫡子をもうけることができないでいたが、このような子こそ欲しいものだとさえ思った。

「兄弟は幾人おる」

「五人でござります。だから、おかかは苦労して……」

太一郎の声には、母や、腹を空かせて待っている兄弟たちを何とか助けたいという切なる思いが込められているように聞こえた。

「待っておれ」

とだけ言い残して、広家は急いで部屋に帰った。そして、銀子《ぎんす》を手にして戻ってきた。

「受け取るがよい」

しゃがんで、縁の上から差し出すと、太一郎も進み出て腕を伸ばした。その無遠慮な様子に、伊知介がまた、これ、と叱りつけた。それをよそに、広家は少年の掌の上に銀子をのせてやった。

「かほどに……かほどに、たくさんいただけるのでございますか」

太一郎はおのれの掌のうちを凝視しながら、声をあげた。

「殿、もったいのうございます」

伊知介も慌てて言う。

「甲斐性のない父御《ててご》は黙っておれ」

広家に厳しく言われて父が黙った横で、太一郎は満面の笑みになり、銀子を握りしめた。

「ご無礼をいたしました」

言い残すと、太一郎は立ち上がり、もと来た木戸のほうへいそいそと去っていった。

ひどく恐縮した様子で残った伊知介に、広家は言った。

「前の妻の子などと申しておったな。誰に産ませた子であろうと、おのれの胤《たね》であればよく養育せねばなるまい」

「もちろん、みな、いずれは殿のお役に立てる所存でござりまする。されど、子らはそれがしのもとには寄りつきませんで……」

伊知介は恥ずかしげに経緯を語り出した。

すなわち、かつては妻子とともにむつまじく暮らしていたが、つい若い女に懸想して子を作ってしまって以来、前の妻の子たちは母の肩を持ち、父をひどく嫌うようになったという。そこで、伊知介のほうも、新しい女のところで暮らすよりほかはない、とも。

「そのほうには、六人の子を養うのは確かに大変なことよの」

伊知介の俸禄がわずか三十石であることを思って広家は言った。

長きにわたった戦乱が終わり、諸侯がようやく自領の経営に打ち込もうとした矢先に、秀吉は唐入りを命じた。よって、おしなべてどの大名も、台所を豊かにする施策をまともに行えないままに外征の膨大な出費に悩まされ、家臣に十分に報いてやれないでいる。それは、広家をはじめとする毛利一族も同じであった。

「それがしとて、女房や子らの暮らしが立つようきちんと面倒を見ているつもりでございます」

伊知介は、唇を尖らせて弁解しはじめた。

「されど、ときにはやり繰りにつまることがあるもので……そうなると、あのアマ、みずから無心に来ず、子を来させるのでございます。こちらの弱みをちゃんと知っていやがる」

「なかなかの策士だな。毛利の軍師に招きたいほどだ」

お戯れを、と伊知介は困った顔つきになる。広家は笑いながら、これからますます欠けていくであろう細い月を見上げた。

「それにしても伊知介よ、この先、毛利のお家に仕えていてもろくなことはないぞ。上様のご後見（隆景）は持ち過ぎてはいかぬなどと申されて、お家の所領をわざわざ減らしてしまわれる変わり者だ。しかも、この吉川蔵人はうつけときている。大勢の妻子を養おうと思わば、どこかよそに仕えたほうがよいかもしれぬ」

すると、伊知介はにわかに気張った表情になった。

「それがしは毛利のお家が好きでお仕え申しておるのでございます。さらには吉川のお家も……我が父も毛利の殿にお仕え申し、後に吉川の殿にお仕え申したと聞いております。顔とて覚えておらぬ父でござりまするが」

伊知介の出自については、広家も香川又左衛門からあらましを聞いていた。

吉川家の徒士《かち》であった父が病死し、身寄りを失った幼い伊知介は長らく、馬廻《うままわり》役、伊藤某の家僕に身をやつすことになった。伊藤のもとでは、若年から刀槍に秀で、多くの首をあげながらも、そのすべてを主の手柄にされてしまうという不遇をなめたようだ。しかし、伊藤が同輩と私闘に及び、切腹させられた後、又左衛門がその腕を見いだし、直臣の列に加えるよう当時の吉川当主、元長に説いたのだ。さらに、広家の代になると、ふざけたことに、こちらの承諾もろくに得ないまま、又左衛門は伊知介に近習並の地位を与え、「死んでも殿のそばを離れるな」などという指示を与えたというわけである。

「それがしは、殿も好きなのでござりまする。倅が銭をせびりに参るような不始末はもう二度とありませぬゆえ、向後とも召し使うてくださりませ」

伊知介の不合理な思い入れに、広家はからからと笑った。だが同時に、この男にとって、顔すら覚えていない親を偲ぶよすがは、毛利や吉川という家名よりほかはないのかもしれないとも思う。

「このうつけが好きと申すか。酔狂な奴め」

「殿はうつけなどではあらせられませぬ。香川殿もそう申されてござりまする」

またその話か、と広家は顔をしかめた。

香川又左衛門は、昔からの広家の支持者であった。行儀がなっていない、言葉遣いが悪いなどと、広家をうるさく叱りつけながらも、父の元春や、家中の者に対しては「駻《かん》馬《ば》（暴れ馬）にあらざれば名馬とならず」と言って何かとかばってくれた。そうして、元春の長男、元長が急死した後、繁沢《しげざわ》家の養子となっていた次男、元氏《もとうじ》を立てようとする者たちを小早川隆景とともにおさえ、三男の広家を吉川家当主に据えるべく積極的に動いた。

「俺のような者に従う者などおらぬ」と言って広家が家督相続を断っていると、家中の者たちから広家に忠誠を誓う起請文《きしょうもん》を集めてきたりもした。結局、広家は根負けして、吉川の殿になってしまったというわけだ。

「向後いよいよ、殿は毛利家にとってなくてはならぬお方」

「では、これからも妓楼にまでついてまいる気だな」

「御意……では、お目障りのことと存じまするゆえ、それがしは姿をくらまし申す」

伊知介は頭を下げ、立ち上がってあとずさると、狸《たぬき》が隠れるように茂みのうちへ入っていった。

面倒な奴だと思いながらも、自分が伊知介を好きになりはじめていることに広家は気づいていた。

「向後いよいよ、とな」

伊知介がそう言ったのは、どういうことだろう。毛利家に大きな試練が降りかかると予想しているのか。尋ねたかったが、伊知介の姿はもはやない。

立ち尽す広家は、また細長い月を見上げた。風が痛いほどに冷たく、月もまた寒がっているように見えた。

隆景の遺言

一

島影に囲まれた海の潮の香は濃かった。

網をおろす船が、海上にいくつも浮かぶ。砂浜では漁民たちが船を引き揚げ、獲物をせっせとおろしていた。照りつける太陽のせいで籠の魚も傷み出しているのか、強い臭いが鼻腔を刺激する。

浜辺にたたずんで彼らの働く姿を遠望していた広家は、それを世の腐りゆく臭いのように感じた。満つれば欠くる慣《なら》わしとでも言うべきか、隆盛を極めていた豊臣政権は腐食しはじめていると思われたからだ。

大きな転機となったのは、二年前の文禄四年（一五九五）、秀吉が甥の関白秀次に、謀反の意志があるとの理由で死を賜ったことだ。政権内ではかねてから秀吉死後をにらみ、秀次を擁する者と、秀頼を擁する者とが対立していたが、秀頼派の石田三成や増田長盛らが、実子をいとおしく思う秀吉の心をうまく煽りつつ、秀次謀反などという嫌疑をでっちあげたものと広家は見ている。

この結果、秀次ばかりか、木村重茲《きむらしげこれ》や前野長康など、多くの秀次派の官僚たちが腹を切ることになり、さらには秀次の妻妾や子らまで京の三条河原へ引き出されて処刑された。

しかも、事は豊臣家内部の問題のみではすまなかった。細川忠興《ほそかわただおき》や伊達政宗《まさむね》、浅野幸長《あさのよしなが》、最上義光《もがみよしあき》ら、多くの諸侯も謀反人秀次の一味ではないかとの疑いをかけられ、震えあがる事態となったのだ。のちにその疑いは解かれたが、彼らが三成らに対して激しい憎しみを抱くようになったのは間違いない。

こうして大きな罅《ひび》の入った政権にさらに追い討ちをかけたのが、昨年、すなわち文禄五年九月に、明国との講和が破綻し、朝鮮への再征が命じられたことである。

〈大明征伐〉などはとても不可能なことは、朝鮮へ派兵してしばらくすると秀吉自身も気づかされたようで、朝鮮情勢に詳しい対馬《つしま》島主、宗義智と、その舅《しゅうと》にあたる小西行長に和議交渉をはじめさせた。その際、明の皇女を日本の天皇の后にすることや、朝鮮の南半分を日本のものとすること、長らく中止されていた明との勘合貿易を再開することなどを和議の条件にせよと命じた。

いっぽう、碧蹄館での敗北以降、力ずくで日本軍を駆逐するのは難しいと判断した明朝も交渉には積極的で、結局、国書を持たせた使節を日本へ派遣することとなった。

　大坂城において明使歓迎の宴がもたれたとき、秀吉自身がご機嫌であったのは言うまでもないが、大小名ばかりか庶民も、これで益なく負担ばかり大きい戦《いくさ》が終わると喜んだものだ。ところが、明使から受け取った国書の内容を知った秀吉は激怒して、朝鮮へふたたび兵を送ると宣言した。そこには秀吉を日本国王に封じる旨が記されているだけで、秀吉が行長らに言い含めていた和議条件については何の記載もなかったからだ。

　外様の身であり、日明交渉の具体的な経緯についてはあずかり知らない広家は、このお粗末な事態に驚くばかりである。行長は石田三成や増田長盛らと親しいから、つね日頃秀吉のそばに侍《はべ》っている奉行衆も交渉の中身を知っていたはずだ。あるいは、どのような条件でも良いから早く和議をまとめよと訓令したのは奉行たちのほうであったかもしれない。いずれにせよ秀吉は腹心と思っていた者どもに騙されていたわけだが、三成や行長は、このようなお粗末なやり方でも、肉体的にも精神的にも衰えた主君ならば騙しおおせるとでも思っていたのだろうか。

　しかも、広家にとってさらに不思議なのは、秀吉はあれだけ激怒したにもかかわらず行長を処罰することもなく、かえって再征軍のいっぽうの大将に据えたことだ。三成らがうまく取りなしたのかもしれず、やはり秀吉も耄碌していて納得させられてしまったのかもしれない。

どちらにしても、このうんざりする戦は継続されることになり、広家も毛利勢の渡海の準備のため、毛利一族の領地である出雲や安芸、備後《びんご》などを忙しく動きまわらなければならない。いまは備後の鞆《とも》の浦《うら》から、三原《みはら》への途次にあった。

漁民たちは瀬戸内海の魚でいっぱいになった籠を担いで、船から離れてゆく。それを眺めながら、

「あの者どもは、幸せであろうかの」

と広家はつぶやいた。そばの藤谷伊知介は、顔を上げただけで何も言わない。

望まずに吉川家という大名家の当主になったみずからの境遇に引きくらべて広家は考えたのだ。漁民どもは、おのれが漁民でいることに疑いや迷いを持っていないのだろうか、と。少なくとも言えるのは、秀吉が朝鮮への再出兵を命じようが、あるいは秀吉が死に、その後の天下がどうなろうが、連中は漁《すなど》りつづけるだろうということだ。

「勝ち過ぎた、か」

とも広家は言った。何ですか、と問うように伊知介がこちらを見たが、無視した。

奉行衆の意向に反対してまで明の主力と碧蹄館にて決戦し、大勝利をあげたあと、隆景は「勝ち過ぎた」と言った。その意味が、いまごろになってわかった気がしていた。

今度の再征においては、秀吉は大明征伐などという法外な目標は掲げず、朝鮮半島の南半分の領有を目指しているのだが、それとて容易なわけがない。けれども、碧蹄館での鮮

やかな勝利があったからこそ、半島の南側から敵を追い出すくらいは難なくできるはずだと思い込んでしまったのではないだろうか。あのときの勝利をほどほどにしておけば再征はなく、毛利の負担もまたはるかに少なくてすんだのかもしれない。そのことを、隆景は前もって予測していたのではなかろうか。

考えにふけっていた広家は背後から声をかけられた。

「殿、そろそろ」

ふり返ってみれば、垂れた鼻と横一文字の白髭を持つ香川又左衛門だった。殿を諫めるのは自分の役目だと言いたげな面構えだ。そのさらに後ろには、広家の供たちが行列をなして待っていた。

漁民の姿に目を留めて、しばし馬を下りていた広家は「十文字めが」と苦笑しながら、また行列に戻った。馬に跨がり、海辺の道を進んでいくと、やがて海に突き出すように築かれた三原城の石垣が見えてきた。広家の叔父、隆景の隠居だ。

秀吉の養子であった羽柴秀俊に小早川家の家督を譲った隆景は、隠居料としては破格の五万石を与えられており、文禄四年には従三位権中納言に任じられた。それまで隆景に仕えていた家臣の多くは三原に移ったり、毛利宗家の家臣に編入されている。

沼田川《ぬたがわ》の河口部を埋め立てて造った三原城は「浮城《うきしろ》」などと呼ばれるように、文字通り海に浮かんでいるかに見えた。毛利家の山陽方面指揮官として多くの瀬戸内水軍を従えていた隆景の設計らしく、石垣で囲われた堀は海に開かれ、船泊りとして使えるようになっている。全体の規模は現在の毛利宗家の本拠、広島城にも引けをとらないもので、場合によっては毛利の本営をそっくり三原へ移せるように構想されていた。

広家は乗馬のまま東大手門から城内に入り、いくつもの堀や門を越えて本丸の正門である御本門の前にいたった。そこで馬を下り、徒歩で本丸御殿へと向かう。玄関をあがった広家は、表の書院ではなく、隆景の寝所へと通された。

隆景はやつれた顔で横たわっていたが、広家を認めると体を起こし、蒲団《ふとん》の上に胡座《あぐら》をかいた。もともと痩せた人であったが、しばらく見ないあいだに、またずいぶん細くなったようだ。

広家は蒲団の傍らに座しながら、言った。

「お起きにならずともようござりまするわ」

隆景は反応せずに手を振って、周囲にいた者を退出させた。二人きりになったところで、口を開く。

「この暑さにいささかまいったが、臥しておるのにも飽きたわい。それより、戦の支度はどうだ」

「難儀しておりまするが、何とかせぬわけにもまいりますまい」

「苦労をかける」

海外での戦争がつづくことが、まるで自分の責任であるかのように隆景は言った。

「ところで……」

と広家は、隆景を促す。三原を訪れたのは隆景に呼ばれたからであって、用件を知りたかった。

「わしは、じきに死ぬ」

またはじまった、と広家は閉口する。自分のような年寄りはじきに死ぬ、これからは若い者が活躍しなければならないというのは、隆景の口癖だったからだ。

「戯言を申しておるのではないぞ」

「それを仰せられるために、お召しになったのでござりまするか。しかも、人払いまでして……」

「大事な話をするゆえ、よう聞け。後事をそなたに託したい。わしに替わり、そなたが上様をご後見仕るのだ」

上様すなわち毛利輝元の重臣の一人として、毛利家の家政に参与するのさえ広家はいとわしく思っている。一族の事実上の総帥である隆景と同じ役目を果たせなどとは、無茶にもほどがあろう。

「いつも申し上げておりましょう。それがしはさような器《うつわ》ではござらぬ。そもそも、上様ももうよいお歳ではござりませぬか。御意のままに、お家を知ろしめされればよろしいと存じまするわ」

輝元はすでに齢《よわい》四十五になっている。そろそろ毛利のことを、毛利の当主が決めてもよいのではないか、と広家は言ったのだ。

隆景は高ぶった声をあげた。

「それがかなわぬことくらいは、そなたにもわかっておろう。あれにも困ったものだ……恥ずかしながら、わしはつとめを全うできなんだ。あの世へ行っても、父上や兄上たちに合わせる顔がない」

隆景は家臣どもの前では輝元に恭しく接するものの、陰ではときに殴りつけるほど厳しい教育をほどこした。しかしいまは、その甲斐もあまりなかったという自責の念に嘖《さいな》まれているようだった。

なるほど、この世には叔父の手にもあまることがあるか、と思った広家にとっても、輝元はほとんど理解不能な存在である。それは、輝元が広家とは違って、おのれの立場や地位に疑いや不安、恐れなどを抱いていないと見えることによる。たとえば八年ほど前だろうか、輝元が家臣、杉元宣《すぎもとのぶ》の妻を取り上げ、怒った元宣が出奔した際など、そう強く思ったものだ。

あのとき、隆景は事が大きくなるのを防ぐために、やむなく人をやって元宣を殺害させた。その後、輝元を激しく打擲《ちょうちゃく》したのを、親族の一人である広家は目の当たりにしたのだった。拳をふるいながら隆景が「わしは日頃、そなたに頭を下げているのではない。毛利に頭を下げているのだ。その意味がわかるか」と怒鳴ったのを記憶している。それに対して輝元は、惚《ほう》けた顔つきで「余と毛利とどこが違うと申すのだ」と問い返したものだ。

この言葉は、広家には本当に衝撃であった。たまたま毛利元就の孫に、あるいは吉川元春の子に生まれたばかりに、人から畏怖されたり、憎まれたり、また過度な期待を寄せられるという運命を、広家はひどく不条理に思って育ってきたのだが、輝元は同じく元就の孫ながら、そうした思いとはまるで無縁に生きていると知ったからである。

「上様にはご後見がいると申されるのなら、それがしよりふさわしい者がいくらでもござりましょう。長老殿など、まだまだ意気軒昂《けんこう》ではござりませぬか」

長老とは安国寺恵瓊のことだ。しかし、長老と聞いた途端、隆景はこれまでに見たこともないような不機嫌な表情になり、黙り込んでしまった。広家も気まずくなり、別の重臣の名をあげてみた。

「福原式部少輔《ふくはらしきぶのしょう》あたりはいかがでございます。あれは、上様の覚えもめでたい」

福原氏は毛利家の重臣の家柄であるが、とくに式部少輔広俊《ひろとし》は家中でも英才と認められていた。

「蔵人よ、なぜそのようにおのれを卑下する。これまで、父御やわしにやかましく言われてきたために、卑屈になっておるのか」

隆景の顔はやつれていながら、その目ばかりは、蔵人頭広家が若い頃からずっと恐れてきた鋭い光を保ったままだった。

「そりゃ、卑屈にもなりましょう。それがしは一族はじまって以来のうつけにござれば」

広家は笑いながら言った。だが、隆景はにこりともしない。

「若輩が未熟なのは当然ではあるまいか。また、若輩にうるさく申すのは、年嵩《としかさ》の者のつとめでもある。若い衆からどれほど煙たがられようともな。ゆえに、厳しく叱られてまいったからと申して、さまでにおのれを卑しゅう思わんでもよかろう」

隆景の目つきが、まるで広家の背後に焦点を当てているかのようなものになった。

「わしの見たところ、そなたは一族のうちで最も濃く、日頼様《にちらい》（元就）の才を受け継いでおる。そなたに匹敵する者など、家中にはまずおらぬ」

これはずいぶんな褒《ほ》められようだ、と広家は薄寒《うすらさむ》くすら思った。

「どこが、日頼様に似ておると申されまするか。この糸瓜《へちま》のごとき、長い顔でござりまするかな」

広家はおどけておのれの頰を叩いた。しかし隆景は、なおも顔をほころばせはしなかった。

「頭もよくまわる。肝もなかなか据わっておる。ときどき据わりすぎて、勇み足をやらかすが」

「いかがなされたのでござりまするか。雪が降りまするぞ――」

「そなたが随浪院殿（元春）のもとを飛び出そうとしたときがあったな。あれも、勇み足だ」

毛利や吉川から逃れたいと思った広家はかつて、毛利家に臣従する石見小笠原《いわみおがさわら》家の養子になろうとしたことがあった。けれども、父元春はもとより、隆景の猛反対にあって阻止された。

「あのとき、望みの通りにしてやらなかったのは、そなたに吉川家を離れて欲しくなかったからよ。上様や毛利家のために、そなたの力が必要なときがやってまいるかもしれぬと思うてな」

まるで、父や兄の元長が死んだ場合を、前々から想定していたとでもいう口ぶりだ。

「上様のご後見などという苦労はご免にござる」

広家は目を逸らして、ぞんざいに言った。

「確かに、そなたは苦労するだろうの」

驚いて広家がまた見ると、隆景の顔つきはこちらを憐れむようなものになっている。

「わしは日頼様の薫陶《くんとう》を受け、兄上たちと切磋琢磨《せっさたくま》しつつおのれを鍛え、人の信望を得てまいった」

そこで、隆景は恥ずかしげな笑みを浮かべた。

「昔は、よく兄弟喧嘩をしたものだ。そなたの父御ともようやりおうた」

広家も、それはよく知っている。秀吉と和を結ぶべきかどうかでも、元春と隆景は意見を異にした。毛利家が豊臣家に臣従し、元春が隠退したあともそうだ。九州平定のための戦に、名将元春にも出馬してもらいたいと秀吉が要請したとき、拒みつづける兄を必死に説得したのは隆景だった。元春はしぶしぶ出陣したものの、九州の陣中で病《やまい》に倒れ、身罷《みまか》った。

「憎たらしい兄だと思うたこともある。されど、ひとりぼっちになったいまではようわかる。兄上がおらねば、いまのわしはなかったのだ。あのころ、わしは兄上に甘えておった。おのれが誤りを犯しても、きっと兄上が助けてくれるとどこかで安心しておったのだ」

隆景の笑いが、淋しげなものに変わった。

「ひとりになってからはつねづね、亡き父上ならいかがなさるか、兄上なら何と申されるかと考えながら毛利の舵取りをしてまいったが……なかなかに辛いものよ、ひとりとはな」

目を潤ませはじめた隆景の枕元には、朝鮮の陣屋で見たのと同じ碁盤が置かれてあった。おそらくまた、ひとりで白と黒の石を交互に置いているのだろうと広家は想像した。あるいは、元春が死んでからの叔父の日々は、ひとりで碁を打ちつづけていたようなものなのかもしれないとも思った。孤独のうちに、元就ならばどうするか、元春ならばどうするかと考えて石を置いていく人生である。

「だが……」

老将の濡れた目がまた、広家をじろりと見た。

「そなたはまだ若い身のうちから、たったひとりでやらねばならない。しかも短時日での。その苦労たるや、並大抵ではあるまい」

「ひとりでやる、とは……」

「太閤の余命も、そう長いとは思われぬ」

それは、広家も感じていることだった。以前から、秀吉が一時的に倒れたとか、小便を漏らしたとかいう噂はひそかに人々の口の端にかかっていた。だが、ここのところはしばしば「太閤御不例」が奉行衆より公然と発表されるようになり、寺社における病気平癒の祈禱《きとう》もおおっぴらに行われている。

「太閤が身罷れば……」

声を低めた隆景の言葉を、広家は引き取った。

「大乱が起こりまするか」

秀次事件や無謀な朝鮮出兵の継続によって燻《くすぶ》る諸侯間の対立の火種が、秀吉の死を機に一挙に燃え上がり、あるいはもとの戦乱の世に戻るのではないかと思うのは広家ばかりではあるまい。

「律義者の化けの皮は、ほどなくして剝がれよう」

隆景は謎掛けのように言うと、蒲団の上で尻をすりながら、そばへ迫ってきた。

「頼りは、そなたしかおらぬのだ」

「そのときこそ、こちらが叔父上をお頼り仕らねばなりませぬ」

広家はあとずさって逃げようとした。すると隆景が、耳を貸せ、と言って、両手で襟を摑んできた。

「近々、わしの命数も尽きるだろう。あるいはもはや、今生でふたたび見《まみ》ゆることはかなわぬかもしれぬ。ゆえにこれは、わしの遺言と思うがよい」

大袈裟《おおげさ》な、と言って広家は離れようとしたが、隆景は襟をしっかりと摑んだまま放さない。おそらく、隣室に退いた側近にも聞かれないようにするためだろう、隆景は耳元でささやき出した。

「上方で乱が起きた場合、決して上様を広島城より出してはならぬ。よいか、あれは天下を争う器ではない。中原に毛利の旗を立てようなどと考え、兵をあげれば、お家は滅亡すると心得よ」

隆景は顔を離し、広家の目を覗き込んだ。そのままでまた言う。

「そもそも考えてもみよ。いまの毛利家の身代は百二十万石に満たぬ。当主に日頼様ほどの才があれば別だが、そうでなければ、とてもとても天下に号令などできるものではない。

毛利は弱いのだ。決して、決して、思い上がってはならぬ」

広家は胸を突かれた。またしても、隆景の深謀遠慮に気づかされたと思ったからだ。毛利家中の者に天下を狙う野心を持たせないために、叔父はわざと自分の所領を秀俊に譲り、毛利の力を削いだのではあるまいか。

襟を摑む叔父の手に、また力が込められた。隆景はふたたび耳元に口を近づける。

「それからもう一つ。安国寺恵瓊に気をつけよ」

「何ですと……」

「恵瓊はおのれの策、おのれの才知におぼれる者。毛利を滅ぼす元凶となりかねぬ。あの者の差配に、毛利の命運をゆだねてはならぬぞ」

背筋がぞくぞくとした。痩せ細った隆景の胸を突き飛ばすようにして、広家は体を離した。

広家も恵瓊は苦手だったし、隆景と恵瓊との関係がかつてほど良好ではなくなっているのも感じていた。だがしかし、これほどあからさまに、叔父が恵瓊は毛利を滅ぼす元凶だと口にしたことに面食らったのだ。

「お待ちください。とても、とても――」

「とても、何だ」

「とても、それがしには毛利を背負って立つことなどできませぬ」

「そなたしかおらぬ、と申しておろう」

「それがしこそ、器にござらぬ。このようなうつけが叔父上の真似事などいたさば、かえってお家を滅ぼすことになり申すわ」

恐ろしくてたまらなくなり、広家はそう言った。ところが言った途端に、叔父の期待に応えられない自分を情けなく思っていることにも気づいた。

「どうあっても、頼みをきいてくれぬか」

しかしやはり、自責の念より恐怖がまさった。

「無理なものは無理にござりまする」

逃げるように、広家は部屋を去った。見送る隆景の淋しげな目が、いつまでも広家の脳裏に残った。

そしてこれが、隆景の言葉通り、二人の今生の別れとなったのだった。

京畿《けいき》にのぼることもなくなり、豊臣家の面々や、他の大名たちとは書状や進物のやりとりをするばかりになった隆景の最後の日々は、至極静かなものであった。

隠退してしばらくは三原城下に忍び出て下々の暮らしぶりを探ることもあったが、やがて暑気あたりや風邪で寝込むことが増え、城内にじっと閉じこもるようになった。楽しみといえば、ひとりで碁石を並べることと、見舞いに来た家臣らに会うことくらいである。

その年の五月晴《さつきば》れの日、大坂詰めの、隆景と同じく六十過ぎの家臣、林某が伺候した。

「都にて流行《はや》るものは何か」

と下問された林は、こう答えた。

「僧侶がはじめた隆達節《りゅうたつぶし》なるものが大流行りにござりまする。それはもう、男女僧俗を問わず、三歳の孩児《がいじ》より八十の老翁まで謡《うた》うほどのありさまにて」

興味深そうに聞いていた隆景は、命じた。

「さらばそのほう、一節謡うてみよ」

林はうろたえる。

「君命とは申せ、拙者はいたって不調法。歌謡は苦手にござる。しかも、この老いさらばえた声にては、さぞやお耳障り。老いほど恨めしきものはござりませぬわ」

だが、隆景は許さなかった。

「耳障りか否かは、聞いてみればわかる。つまらぬことをつべこべ申さず、早《はよ》う謡え」

もはや仕方がない。林は震え、かすれる声で謡いはじめた。

「面白の春雨や、花の散らぬほど降れ……」

短く謡い終え、身を小さくして頭を下げると、意外にも隆景は感嘆の声をあげた。

「いや、面白い。まことに面白かったぞ」

「お褒めいただき、ありがたき幸せなれど、この老いぼれた声のどこが面白うござりましたか」

困惑しつつ尋ねると、隆景はあきれ顔になった。

「そなたの声を面白いと申しておるわけではない。『面白の春雨や、花の散らぬほど降れ』という詞に感じ入ったまで」

恐縮する林に、隆景はさらに言う。

「上様のもとへも参って、いまのをお聞かせ申し上げてはくれぬか。いや、上様だけではない。老臣奉行どもにも聞かせたきものよ」

「はて……」

林には、この詞がそれほど優れたものとは思えない。しかし、隆景はすこぶる満足げだ。

「その折には、こうも謡うがよいぞ。『面白の儒学や、武備の廃《すた》らぬほど好け。面白の武道や、文事を忘れぬほど好け。面白の歌学、面白の乱舞、面白の茶の湯、身を捨てぬほど好け』とな」

顔をほころばせて言う隆景につられて、林も笑んだ。だが直後に、隆景の顔はぞっとするほど険しいものになった。

「いかなる善きことも、中の一字を過ぎぬ程度に好きたきもの……富や力も同じよ」

怒っているようにも、憂いているようにも見える目でにらまれて、林はしばらく動くことも、声を漏らすこともできなくなった。

それから半月あまりのちの、暑い午後のことである。

激しいにわか雨が降ってやや空気が冷えたころ、午睡から目を覚ました隆景はひどく深刻な顔で近習を呼びつけ、尋ねた。

「蔵人頭は達者か」

「吉川殿は率先して戦支度を進めておられまする」

近習が答えると、隆景は小さくうなずき、感慨深げにつぶやいた。

「あれが、腹を括ってくれればのう……だがまあ、達者ならばまずはよい」

その後、近習らと漢詩や謡《うたい》の話などを楽しげにし、

「面白の……」

と言いかけたところで、にわかに顔色を変え、昏倒した。そしてそのまま、あっけなく息を引き取った。享年六十五であった。

二

寒さに耐え忍んでいるような馬の鼻息に混じって、重く、鈍い音がときおり響くのを、小具足姿の広家は聞いていた。すぐそばの河の氷が融け、崩れてぶつかり合っているのだ。

広家がいるのは、朝鮮半島は釜山より北東へ十二里半ほど行った、太和江《たいわこう》（テファガン）

が日本海へ流れ込む地であった。その河の南岸にいま、毛利秀元《ひでもと》、小早川秀秋《ひであき》（羽柴秀俊）、蜂須賀家政《はちすかいえまさ》、黒田長政、鍋島直茂《なべしまなおしげ》・勝茂《かつしげ》父子、毛利勝信《かつのぶ》・勝永《かつなが》父子らの軍勢約二万が集結していた。広家は毛利勢約四千の事実上の指揮官として、秀元の陣に加わっている。

河には靄《もや》が這うように流れ、その向こう、すなわち北岸の丘陵には日本式の城が建つ。朝鮮半島南部に日本勢が点々と築いた番城の一つ、蔚山《うるさん》城だ。まるで蟻が獲物にたかっているように、明・朝鮮連合軍五万七千がその城を包囲しているさまも見える。城中には加藤清正、浅野幸長、太田一吉《おおたかずよし》などのほか、毛利家中の宍戸元続《ししどもとつぐ》、桂孫六《かつらまごろく》らの軍勢一万人がこもっていた。彼らを救援するために、広家たちは河岸に布陣し、攻撃態勢を整えているのだった。

蔚山城の攻防は前年の慶長《けいちょう》二年（一五九七）十二月二十二日（日本暦）より開始され、この日、すなわち同三年正月四日にいたるまでつづけられている。それほど長い籠城ではないが、城兵は相当に苦しんでいるらしい。包囲が開始されたとき、蔚山城はまだ完成しておらず、兵糧も蓄えられていなかった上に、明・朝鮮軍に早々と水の手を切られてしまったためだ。援兵を請うために囲みを突破した城兵の話によれば、城中では馬を殺してその血を飲み、壁土を食べて飢渇《きかつ》をしのいでいるありさまだという。

すぐに河を渡り、明・朝鮮軍を追い払ってやりたいのは山々だが、敵の数が圧倒的にまさっているため、諸将協議の結果、さらなる援兵の到来を待ち、翌日に攻撃を開始する方針が決定された。そのため、城兵が敵襲に晒されているのを、広家は遠望していなければならない。

手持ちぶさたの広家は腕組みをしながら床几に腰掛け、首を垂れて目をつぶった。周囲には香川又左衛門をはじめ今田上野介《いまだこうずけのすけ》らの吉川家家臣のほか、毛利本陣から出張してきた、大将秀元付の武士たちもいる。目をつぶっていても、彼らの視線がじっと自分に注がれているのを感じる。

安芸宰相秀元は毛利元就四男、穂井田元清《ほいだもときよ》の子で、一時は輝元の養子として毛利宗家を継ぐ地位にあった。その後、輝元に実子（秀就《ひでなり》）が生まれたために嗣子ではなくなったが、家中の崇敬はいまなお厚く、朝鮮半島への再征においては、病気がちの輝元に代わって毛利勢の総大将をつとめていた。だがそうはいってもまだ十九歳に過ぎないことから、隆景が死んだ後の毛利軍の指揮は、自然と吉川家の当主、広家がとることになった。その判断を聞き、総大将のもとへ伝えるために、秀元のそばの者たちも周囲に侍っているというわけだ。

行きがかり上、今度の再渡海においては毛利軍の采配を振ることになった広家だが、泉下の隆景の望みに従うつもりはなかった。つまり、日本の中原で大乱が起きたとき、毛利の命運を担うつもりなどさらさら持ち合わせていなかったのだ。だからこそ、周囲に侍る者たちと信頼関係を築くべく、親しく語り合おうともしない。いっぽう周囲の者たちも、新たな軍師とどう付き合ってよいかわからず、また、その能力も信用しきれないためだろう、ぴりぴりしているのがわかった。それによって、広家はますます口も目も閉じ、周囲を遠ざけるような態度をとってしまう。

元春を失ってから辛かった、と言っていた隆景の気持ちが広家にも今ではよくわかった。やはり自分も、反発しつつも隆景に甘えていたのだ。誰に頼ることなく、自分ひとりで麾下の兵たちの生死を決めなければならない立場とは、なんと辛く、孤独なものだろうか、と思う。

腕組みをし、目をつぶってその孤独に堪えるうち、広家の五体に震えが襲ってきた。最後に会ったときの、隆景の濡れた目が脳裏に浮かんだのだ。あの目を思い出すたびに、放っておいてくれという反発心と同時に、なぜあのとき「あとはそれがしにおまかせくださされ」と言えなかったのか、という後ろめたさもおぼえる。

まさか叔父がこれほど早く死ぬとは思っていなかった。輝元も、今度の出陣に際して暇乞《いとまご》いの挨拶をしたとき「これで毛利家ははたから軽く見られるようになる」と涙をこぼしていたが、広家としても、せめて秀吉よりは長生きしてくれても良かったものをと悔やまないではいられない。

瞼《まぶた》の合わせ目がじっとりと濡れはじめた。だが、駆け寄る者の足音を聞いて、広家は我に返り、目を開けた。伊知介の横広の体が迫り、足下にうずくまった。

「敵の様子が……」

上目遣いにこちらを見ながら言うと、伊知介はまた半ば立ち上がり、ゆっくりと後ずさりしはじめた。ついてきて欲しいということらしい。

広家が立ち上がると、周囲も体を起こし、集まってきた。

伊知介が広家とその従者たちを導いたのは、茂みに覆われた、川縁《かわべり》の高台だった。伊知介は抜刀すると、対岸の様子を広家に見せるために木々の枝を落としはじめた。視界が広がったところで、刀の切っ先で対岸を指す。

「ご覧くだされ、あれを」

対岸の様子に変わったところがあるようには、広家には見えなかった。敵の大軍は、いまなお蔚山城を取り巻いている。

「あれとは何だ」

「あれ、あれにござりまする」

さらに目を凝らしたとき、広家は伊知介が見せようとしているものを悟った。敵軍の北側に居並んでいた輜重《しちょう》隊が動いているのだ。馬や荷車が、ゆっくりと北方へ移動しはじめている。

「敵は、引くか」

広家がつぶやくと、伊知介はうなずいた。

日本の援軍が太和江の南岸に到着していることを明・朝鮮軍は知っている。蔚山城への攻撃はつづけながらも、兵の一部を割いて、こちらへ備えるように布陣させているのだから。だが、城はなかなか落ちない。このまま日本の援軍が太和江を渡れば、彼らは城兵との挟み撃ちにされるかもしれず、あるいは悪くすれば退路を扼《やく》されるかもしれないと見て、城の攻略を中止し、早々に退却する腹と思われた。

援軍に加わっている諸将は、攻撃は明日行うことで合意しているから、いま毛利勢だけで攻めかかれば軍紀違反に問われかねなかった。けれども、敵が退却するまさにそのときに攻撃を仕掛ければ、大軍は総崩れになる可能性が高い。うろたえ、算を乱す敵を追撃すれば、大勝を得られるだろう。いっぽう、これから諸将や軍日付《いくさめつけ》らを呼び集めて軍議をもてばその機を逃すばかりか、もたもたするうちに敵はすっかり引き上げてしまうかもしれない。

見まわせば、みな、じっと広家に目を向けていた。采配者の決断を待っているのだ。

「すぐに具足の用意をせよ」

胴鎧を着ていなかった広家はそう命じるや、高台を早足におりはじめた。

「い、いま、攻め込むのでござりまするか」

秀元付の武者が、驚いた口調で言った。広家は怒鳴りつける。

「うつけの俺より、うぬはよほど頭のめぐりが悪いとみえる。知れたことを訊くものではないわい。とっととご本陣へ立ち帰り、宰相殿（秀元）の尻を叩け」

唾をごくりと呑んでうなずくと、武者は走り出した。その他の者もあわただしく動きはじめる。

広家は自分の陣所へ戻ると、胴に左三巴を据えた具足と、徳利《とっくり》形の兜を近習に持たせ、急いで身につけた。家臣たちも隊伍を整え、広家の攻撃命令にそなえる。

伊知介が馬を引いてきて、広家がいざ鐙《あぶみ》に足をかけようとしたとき、

「待て、待て」

とわめいて駆けて来る鎧武者がある。

いや、武者と言ってよいかはわからない。兜を載せていない頭は、きれいに剃りあげられていた。

「何かに憑かれてでもおられるか」

叫びながら、その禿頭の男、すなわち安国寺恵瓊は広家の目の前に来た。馬から遠ざけるように、掌で広家の胸をどんと突く。

「抜け駆けはご法度《はっと》にござろう」

「敵は引かんとしておる。いまこそよき潮時」

「戦は明日と決まったはず。お目付衆も同席の上での決定にござるぞ」

やはり、軍目付ににらまれるのを恵瓊は恐れているのか、と広家は苦んだ。

軍目付は将兵に怠慢や命令違反などがないかを監察する役職だが、この救援軍には福原《ふくはら》長堯《ながたか》、熊谷直盛《くまがいなおもり》、垣見一直《かきみかずなお》（家純《いえずみ》）の三人がその任務を帯びて加わっている。彼らは石田三成の与党といってよく、とくに長堯と直盛は三成の妹を娶《めと》っていた。要するに恵瓊は、軍目付ににらまれることは、三成をはじめとする豊臣家の奉行衆ににらまれることを意味すると思って、焦《あせ》っているのだ。

「そもそも、雲霞《うんか》のごとき敵に、わずかの人数で駆け入っていかがする。いたずらに犬死にして敵に利を与えるばかりか、吉川家にとっても末代までの瑕瑾《かきん》となることがなぜおわかりにならぬ」

それまで、いざ渡河し、敵陣に攻めかからんと意気込んでいた家臣らの表情に不安の色が広がった。それほどに、毛利家中における恵瓊の存在は大きかったのだ。

広家はそこでふたたび、隆景が碧蹄館の戦いの直後、「奉行衆のやることに呑まれ過ぎてはならぬ」と言ったことを思った。また、遺言と称して「安国寺恵瓊に気をつけよ」と言ったことも想起する。

恵瓊は確かに、長年、毛利家のために働いてきた男であり、功績も大きかったが、所詮は毛利一族でも譜代の家臣でもない。毛利家の代理人という立場をうまく利用して秀吉に取り入り、豊臣政権の〝宮廷人〟として力を得た男に過ぎないのだ。そのような男がお家の兵権を握れば、毛利家やその家臣たちの命運は豊臣家の奉行衆の意向に左右されかねない。隆景にはそれが我慢ならなかったのだろうし、いまや広家もまったく同感だった。だいたい、即時に攻撃を開始すれば、城兵を助けられるばかりか、味方の死傷者も少なくてすむという確信を広家は抱いていた。

「坊主の軍立《いくさだ》てなど聞きとうはないわ」

広家が恵瓊を怒鳴りつける番だった。手綱を握りしめ、鐙に足をかけた。慌てて近づいてきた恵瓊の胴を蹴飛ばし、馬に跨がる。鞍に腰を据えたとき、恵瓊は地面に尻餅をついていた。

「小僧、まことに狂したな」

恵瓊は手足をばたつかせて立ち上がった。馬上の広家をかばうように立つ伊知介に命じる。

「おい、このうつけを止めよ」

伊知介は立ち尽したまま答えた。

「我らの御大将《おんたいしょう》は長老殿ではござらぬ。吉川の殿にござる」

「主《あるじ》がうつけなら、臣もうつけか」

頭部全体を真っ赤にしながら怒鳴った恵瓊に、広家が荒らかに言う。

「坊主は施餓鬼《せがき》や行道などをいたしておればよい。弓矢を取ることは武士にまかせよ」

それから、兵どもを見まわして下知した。

「ものども、異国の奴ばらに中国武士の勇を見せよ」

直後に、馬の三図《さんず》を叩いた。火を吹くような嘶《いなな》きとともに馬が駆け出すと、兵たちもどっと声をあげて動いた。みな、河をめがけて走る。

崩れた氷を蹴散らしながら、馬は浅瀬を渡っていった。馬上の広家の頭からは、隆景のことが離れない。

物静かで、思慮深げな叔父も、やはり荒くれ者の武人だったのではないか、と思い、広家はにやついた。毛利家としては、やはり碧蹄館では戦わなくてもよかったのかもしれない。しかし、隆景は奉行衆に反発したかったのと同時に、勝てるとわかっている戦いをしないではいられなかったのではなかろうか。

あの戦いの前、隆景は自分と同じように勝利を逃したくなくてうずうずしていたのだろう、と広家は考えた。そして、いざ戦いがはじまれば、やはり徹底的な勝利を目指してしまうのが武人の性《さが》というものだ。そう思いいたると、謎めいていて恐ろしく、近寄りがたかった叔父が、自分とさして違わない、人間臭い男に感じられた。

河を渡りきったとき、追いついてきた吉川家の騎馬武者に広家は囲まれていた。広家が馬の脚をゆるめてふり返ると、彼らは追い越して敵へ向かっていく。日本勢の陣を見れば、動いているのは吉川の兵だけではなかった。秀元本陣の一文字三星の旗が動いているのはもちろんのこと、毛利勢が動いたのに気づいた黒田勢や蜂須賀勢なども、遅れてなるものかと河を渡りはじめている。

馬首をまためぐらすと、広家は鞭をふるった。ふたたび疾駆する馬上から、そばにぴたりとついて走る伊知介に言う。

「遮二無二、敵を追い崩せ」

恵瓊は、大敵に少人数で切り込んでは犬死にするばかりだと言っていた。しかし、こちらが迫るにつれ、大地を埋め尽す明・朝鮮軍の兵どもは、まるで海面が波打つように揺れ出した。旗がふらふらし、隊伍が乱れてゆく。やがて吉川勢が槍を入れ、揉み合ううち、敵は崩れ、逃げ出した。

極寒の中、苦しい戦いを強いられていたのは城兵だけではなかったはずだ。長駆しての戦いであるから、明軍の兵糧も豊かとは言えなかっただろうし、城兵の夜襲をしばしば受けていたから夜も眠れず、疲れきっていたものと思われる。その苦しい攻城も終わり、ようやく故郷へ帰れると気が緩んだところへ攻め込まれた軍勢ほど脆《もろ》いものはなかった。

後続の日本兵も殺到し、さらには城兵も山をおりて、逃げる敵をさんざんに討った。戦いは、日本軍の圧倒的勝利に終わった。明・朝鮮軍の戦死者は二万とも言われ、夕闇の迫る蔚山の大地には、見渡すかぎりに敵の骸が残された。

夜になり、日本の諸将は蔚山城内に集まった。広家も家臣に水や食糧を担がせて入城したが、松明《たいまつ》の火に浮かび上がる城内の光景は、目を覆いたくなるほど惨《むご》たらしいものであった。

敵に討たれたり、餓死したりした兵たちの屍《しかばね》が、あちこちに積み上げられている。肉を食べ尽した馬の骨も散らばっていた。ほっとしてか、疲れきってか、虚ろな目つきで救援軍の入城を見守る生き残った城兵たちも、頬や顎の骨がくっきりと浮き出て見えるほどに痩せ細った者ばかりだった。

飢えの臭いというものがあるのだな、と広家は思った。ろくに食べるものもなく、死闘をつづけてきた者の体臭と、死者の腐臭が混じり合い、迫ってくる。

いったい、これは何のための戦争なのか。飢え、傷ついて死んでいった者どもは、なぜ死んだのか。そう思ってむかむかしながら広家が二ノ丸の門をくぐると、宍戸元続ら、毛利家中の者たちが待っていた。広家の姿を認めるや、嬉しさからか、緊張が解けてか、一様にぼろぼろと涙をこぼし出した。

「よう堪えた。よう堪えたの」

主立った者の手を取り、そう繰り返すことしか広家にはできなかった。痩せて衰えた、あまりに無慚《むざん》な姿に驚くばかりで、ろくな慰労の言葉など浮かばない。

「ぐずぐずせず、早う粥《かゆ》を炊いてやれ。めいっぱいに食わせよ」

連れてきた家臣らに命じたとき、曲輪《くるわ》の一番奥まった櫓《やぐら》のそばに篝火《かがりび》をたかせ、床几に腰掛ける男に目が留まった。救援軍の諸将と忙しく挨拶をしているその男は豊かな顎鬚《あごひげ》をたくわえており、傍らの兜掛けには、縦に長い、烏帽子形の兜が載せてあった。

「ご無事でござったか、主計頭殿」

広家はそのもとに駆け寄っていった。男はこの城の主将、加藤主計頭清正だった。清正も立ち上がり、広家の手をしっかりと取って感激を示す。

「承りましたぞ。中国衆の陣所から、蒲《がま》の頭《とう》の馬印《うまじるし》を掲げて真っ先に進まれたのは御辺《ごへん》とのこと。御辺はまことに我が恩人。いつの日か、身命をなげうってもこの厚恩に報い仕る所存にござる」

やはり憐れなほどに痩せて、目がぎょろりとむき出して見えるが、全身で喜びを表現する姿はいつもの清正だった。その後も、清正は広家の手を握りしめたまま、少ない人数ながら機をとらえて果敢に攻め込み、大敵を蹴散らした吉川勢の戦功を褒め称えた。

「いや、あのお働きは人智の及ぶところではござらぬ。御辺には天照大神、八幡大菩薩をはじめ、諸仏諸神がついておるのではありますまいか。不幸にして備後中納言（隆景）殿は身罷られたが、御辺がおられるかぎり毛利のお家は向後もご安泰と存ずる」

そこまで大袈裟に言われると、広家も閉口する。

やがて、蜂須賀阿波守《あわのかみ》家政や黒田甲斐守長政も加わって、みなで車座になって話しはじめたが、

「まんまと出雲侍従殿にしてやられた」

と、誰もが広家をやっかんだ。

けれども、家政も長政も、戦場においては臨機応変に動かなければならないことはわきまえているから、広家を本気で責めているわけではない。とくに長政は広家より七つ年下の三十一歳ということもあって、やられた、と言いながらも、どこか兄貴分を慕い、称えるような雰囲気を醸していた。

だがその長政も、戦勝を喜び合うのが一段落すると、深刻な表情になって語り出した。

「これは、ほかならぬ主計頭殿ゆえに申し上げることでござるが……この蔚山城は北へ出過ぎておりまする。ふたたび明人どもが大挙して襲うてまいれば、もはや救援はかなわぬかもしれませぬ」

「この城は棄てよと申されるのだな」

清正がそう応じてうなずくと、一同の中で一番年長の家政もうなずいた。

「わしも、同じことを思うておった。まずは、東方は西生浦《せいせいほ》まで引き、そこで守りを固めるべきではなかろうか。西方では、順天《じゅんてん》は棄てるべきと存ずる」

「この戦、はじめは親父様らしい壮挙と思うたが、さて……」

虚空を見つめながら清正はそこまでは述べたものの、語尾を濁らせた。その先に何を言いたかったのかは、居合わせた誰もがわかっていただろう。この戦は早々に中止すべきだということだ。

清正は早くに実父を亡くし、秀吉の膝下で一人前になったから、秀吉のことを真の父のように敬慕しており、豊太閤の命を受ければ水火をいとわずに飛び込む男と言えた。ところがその清正でさえ、いまでは撤退を口にしはじめている。

「ご幼君の行く末を思うても……」

今度も清正は途中までしか言わなかったが、家政も長政も暗い顔でうなずく。広家にも、三人の気持ちは察せられた。

清正だけでなく、他の二人も豊家恩顧の大名である。家政の父、蜂須賀小六正勝《ころくまさかつ》はかなり早いうちから秀吉に仕えていたし、長政の父、黒田官兵衛孝高も参謀として秀吉の天下取りを支えた。彼らは豊臣家に大恩ある者だからこそ、老い衰えた秀吉が死んだ後の天下の行く末を、真剣に案じはじめているのだ。秀吉が生きているうちに撤退し、内治にあたらなければ、幼い跡取りのみが残された豊臣家はどうなるだろうか、と。

「されど、誰が殿下をお諫め申し上げるかだ」

家政がため息交じりに言う。

「我らが下手に動けば、治部少めにいいようにされかねぬ」

石田治部少輔三成もまた、本心では朝鮮での戦闘は中止すべきだと思っているだろう。けれども、対立関係にある清正たちがあからさまに戦闘中止の進言などをすれば、三成はそれを「殿下への不忠の証《あかし》」として秀吉の耳に入れかねないと家政は恐れているようだ。

三成と清正とが犬猿の仲であることは、知らない者はいない。もともとあまり相性はよくなかったのかもしれないが、唐入りがはじまってから、二人の不仲は決定的となった。和議が決裂する前の、いわゆる文禄の役のとき、清正は渡海諸将のうちで最も熱心に戦ったし、三成やその与党の小西行長らが秀吉の意に反する和議交渉を行っていると察知するや、その妨害にもあたった。よって、清正こそが秀吉に一番忠実であったと言えるのだが、「憎き奴め」と怒った三成は、清正があたかも不忠を働いているかのように秀吉に讒《ざん》言《げん》した。そのため、清正は一時、秀吉の怒りを買って逼塞《ひっそく》の身となったのだった。以来、清正は三成のことを、その肉を喰らっても飽き足らぬ奴と憎んでいる。

いや、三成が自分に都合の良いことや、仲間の手柄ばかりを大袈裟に秀吉の耳に入れ、自分に都合の悪いことや、不仲な者の手柄はまるで上奏しないという不満を抱いている者は清正ばかりではない。長政や家政ももちろんそうであるが、広家もまたその一人であった。

文禄の役では、広家は幸州山城《こうしゅうさん》の戦いなどでかなりの戦功をあげたのだが、ろくな褒《ほう》賞《しょう》にあずかっていなかった。その理由は、自分と恵瓊の折り合いが悪いからだろうと踏んでいる。恵瓊や、恵瓊と親しい三成らが、広家の手柄が秀吉の耳に入らないよう工作しているのだ。

腹立たしいといえば、腹立たしい。だが、三成に好かれていないからこそ、外様の身ながら清正たちに同朋と見なされ、豊家恩顧の者たちのきな臭い内輪話を聞くこともできるわけだ。その意味では、損をしているとばかりも言えないと広家は思っている。

「どうでござろう。いきなり戦の沙汰止みを申し上げるのではなく、まずは西生浦までの撤退を具申仕っては」

提案したのは長政だった。家政は眉間《みけん》に皺を寄せて首を横に振る。

「それでも危ういの」

「この地のことは、敵と槍を合わせておる我らのほうがようわかっており申すぞ。殿下とて、治部少めの言より、我らの言をお取り上げくださるのではありませぬか」

「いかなる上申も、まずは治部少が目を通すことを忘れてはならぬ。我らの言が殿下のお耳に入るころには、衷心《ちゅうしん》よりの忠言もねじ曲げられ、不届ききわまりないものに変えられてしまう」

「殿下の威を借るあの狐めを恐れてばかりいては、何も変わりませぬぞ。誰かがこの地のありのままのさまをお伝え申さねば、戦はいつまでつづくか……」

引き下がらない長政に対し、家政がまた苛々と反論しようとしたとき、清正が年少者をかばうように割って入った。

「甲斐守殿の申される通りだ。だが、やり方を工夫せねばならぬと心得る」

するとと長政は、広家に目を向けた。

「貴殿はいかがお考えでござろう」

広家は困惑した。豊家恩顧の者が秀吉の目をどう覚ますべきかについて論じ合っているところへ、外様の自分がとやかく言うのはいかがなものかと思ったからである。

「先のごとき天晴れなる采配を見せられた軍師殿のこと、きっとよきお知恵がござるはず」

それでも広家が黙っていると、長政は挑発するようにこう言った。

「まさか、貴殿も狐の一味というわけではござるまい」

むかっときた広家は、黙っているわけにはいられなくなった。

「よき知恵など持ち合わせてはおらぬが……一人で狐に立ち向かわんとしても難しゅうござろうぞ。多くの者に声をかけ、一同の一致した異見として具申すれば、あるいは殿下もお耳をお傾けくださるかもしれませぬがな」

「なるほど、その手ならば……」

と清正が言うと、長政も、さすがは、と言ってうなずいた。

家政はひとり黙り、腕組みをして考え込むような素振りを見せていた。やがて次に口を開いたとき、

「みな疲れておろう。話し合いはまた明日に」

と言ったため、一同は散会することになった。

広家も立ち上がり、城外の陣所へ戻ろうとした。そのとき、清正がまた話しかけてきた。

「まったく、侍従殿のお手柄は神武のなすわざ。さりながら……」

広家が何事かと思っていると、清正はこうつづけた。

「せっかくのお働きにもかかわらず、御辺のあの馬印はいかがでござろうかの……あれでは、遠目には蜻蛉《とんぼ》のようで、まるで目立ちませぬぞ。旗や馬印は軍神の乗り移りたまうもの。もっと派手で大仰なるものを掲げられてはいかがかと……」

確かに、清正は諸事に広家よりも派手であった。高々とした烏帽子形の兜や、長い鎌槍もさることながら、扇状に並べた棒に、先が細かく分かれた布をつける婆々羅《ばばら》の馬印も人々の目を驚かすものだ。

「田舎者には、雅びやかなものは似合わぬで」

広家は笑って応じておいた。

だが翌日はやく、広家のもとに清正の使いが来た。昨日の報恩の印として自分が用いている婆々羅の馬印を贈りたいが、広家の内意をうかがいたいと清正が言っているという。

「同じ色では不都合がござろうから、紅《くれない》のものではいかがか、とも申されてござります る」

清正は白色のものを用いていたのだが、いずれにせよ、生き死にの場に大将が立てる馬印は、ときに武将の死生観を託したものであり、また、武功自慢の家柄であることを見せつけるものでもある。それを否定し、気に入らないものを贈ってしまった場合、かえって礼を失し、広家の気分を害することになると思って、わざわざ内意を聞いてきたのだろう。

しかし、吉川家の蒲の頭の馬印にもそれほどの思い入れを持っていなかった広家は、からりと笑い、ためらわずに言った。

「ありがたく頂戴《ちょうだい》するとご返答申し上げてくれい」

以降、広家は清正から贈られた、紅の婆々羅を馬印として用いることになる。

三

その日、秀吉は体調もすぐれ、機嫌もよさそうだった。朝起きてから一度も横になっていない。

宇治川辺の指月山に築いた伏見城は慶長元年（一五九六）に京畿を襲った大地震で崩れてしまったため、それよりやや北東の、木幡山《こはたやま》に秀吉は城を移築させていた。新たに成った伏見城の御座の間の戸障子もその日は開け放たせており、庭に降り注ぐ弥生《やよい》の陽光に秀吉は眩しそうに目を向けながら、醍醐三宝院《だいごさんぼういん》の桜もそろそろ見頃ではないか、秀頼にも見せてやりたいの、などと嬉しそうに語った。

その姿に、石田三成はほっとしていた。秀吉にいま死なれるわけにはゆかなかったからだ。彼の命のあるうちに、やるべきことがたくさんあった。

多くの大名が大軍を率いて朝鮮の地に渡ったままであり、かつ、跡継ぎの秀頼はまだ六歳の幼子だ。秀吉が生きているうちに将兵を撤退させ、来るべき幼君の御世を安定させる手を打っておかなければならない。またそのためには、諸侯のうちで激しくなっている党派対立も解消しておく必要があった。それはすなわち、自分に反抗する者どもを今のうちに潰しておくということだ。

せっかくの秀吉の機嫌を損ねるのも気が引けたが、天下のためにはやむを得まい。そう思って、三成は一通の書状を秀吉の前で読みあげ、それから差し出した。書状を受け取った秀吉の細い手は震え、文面に見入る表情は一変している。

それは、宇喜多秀家、毛利秀元、蜂須賀家政、生駒一正《いこまかずまさ》、藤堂高虎《とうどうたかとら》、長宗我部元親《ちょうそがべもとちか》ら、十三人の朝鮮在陣諸将が連署した上申書だった。内容は、蔚山、順天、梁山《りょうざん》の三城は支えるのが難しいため、放棄すべきであるというものだ。

「臆病風に吹かれるとはこのことよ」

秀吉は、乱杭歯をむき出して怒鳴った。

「それがしも、ただただ驚くばかり」

と三成は受ける。

「軍目付らからも、耳を疑うべき越度《おちど》の数々が報告されてござりまする。中でも、蔚山城を救うべく我が方が敵を攻めたとき、甲斐守（長政）、阿波守（家政）らはいたずらに傍観し、遅々として動かなかったとのこと。また、憚りながら金吾中納言様にいたっては……」

そこで、三成は大きなため息をついて見せた。

隆景に代わって筑前名島城主となった金吾中納言秀俊は、いまでは小早川秀秋と名乗っていた。小早川家を継いだとはいえ、秀吉の親族である秀秋は、いまなお秀頼の地位を脅かしかねない存在だ。渡海軍においても、名目上は総大将とされている。だから、叩いておかなければならないとずっと思ってきたのだが、ちょうどよい報告を三成は受け取ったのだった。

蔚山城救出の戦いにおいて、周囲が諫め、留めようとしたにもかかわらず、秀秋はみずから敵中に駆け込み、十三騎を討ち果たしたというのである。いつもは大人しく、みずから何かを率先して行うことのないこの男には、戦意を失って逃げまどう者を仕留めるのがよほど面白かったらしい。馬を走らせ、当たるを幸い刀を振りまわしたということだ。

「一見、勇ましきに似たりと申せど、その実、大将分にあるまじき軽々しきおふるまい」

などと、三成は口を極めて秀秋の軽率ぶりを非難した。またもちろんのこと、加藤清正にも怠慢の様子があると言い添えるのも忘れなかった。

話を聞く秀吉は、どす黒いまでに顔を充血させている。

「かの地の諸将に気の緩みが広がっておるのかもしれませぬ。出雲侍従（広家）などは軍令を無視し、抜け駆けを行ったと聞き及びまする」

「ええい、許せぬ」

と言うと、秀吉は立ち上がった。また、気分が悪くなったり、転倒するのではないかと思って近習どもがうろたえたが、秀吉の足腰はしっかりして見えた。

「連中に目に物見せてくれる」

叫ぶや、秀吉は手にしていた十三将の上申書を丸め、畳に叩きつけるように投げ捨てた。

「ご勘気、ごもっとも、ごもっとも……」

まるで自分が叱られているような、恐れ入った口調で言いながら、三成は畳に額をこすりつけた。

太閤薨去《こうきょ》

一

胸も背中も汗まみれだ。顔中をはい回った汗が烏帽子の緒をつたい、したたり落ちる。やはり、京の夏は暑い。秀吉も暑気にあたって倒れるわけだ。

そう思う吉川広家が座っているのは、伏見城の詰めの間であった。廊下に面した襖《ふすま》は開け放たれており、そこを行き交う人々もさかんに扇を使っている。広家も胸に叩きつけるように扇を動かしていたが、動かせば動かすほど、火が風に煽られたごとく、戸惑いと苛立ちが高じていく。

秀吉から召喚命令を受けた広家は、先月すなわち慶長三年（一五九八）五月に朝鮮より帰朝した。その同じ月、病床に臥せった秀吉はおのれの死も近いと思ってか、一子、秀頼への忠誠を誓う起請文を諸大名に書かせている。しかし、その病も一段落したと聞いたので広家は登城したのだが、なかなか御前に呼ばれない。

銀子をつかませて御殿坊主どもから聞き出した話によれば、蔚山の戦いで広家が軍議の決定に従わず、明・朝鮮軍に独断で攻めかかったことを秀吉はずいぶん不快に思っているらしい。それで、いくら取次を頼んでも、面会の許可が下りないということのようだ。

あの戦いに参加した者で、秀吉の怒りを買ったのは広家だけではない。石田三成に親しい軍目付たちが、軍紀違反や怠慢があったとして、多くの者を糾弾したからである。また、現地の諸将が連名で、戦線を縮小すべしとの意見書を奉ったことも、秀吉の怒りの炎に油を注ぐ結果となった。

この意見書については、広家は申し訳なく思っている。蔚山城開放の後、蜂須賀家政、黒田長政、加藤清正の前で「多くの者の異見として秀吉を諫めればうまくいくかもしれない」などとみずから言っておきながら、ただちに他へ転戦したせいで、そこに署名していないからだ。もちろん、広家が何も言わなくても同内容の意見書は提出されたのかもしれないが、疚《やま》しさは禁じ得ない。

いまや、家政は領国阿波で謹慎していた。長政と清正は引きつづき朝鮮に留まるよう指示されてはいるが、譴責《けんせき》を受けており、のちのちどのような処分を受けるかわからない。早川長政《はやかわながまさ》、竹中隆重《たけなかたかしげ》、毛利高政《たかまさ》にいたっては領地の一部を取り上げられ、それは彼らを告発した軍目付らに褒美として分け与えられることになったと聞く。

三成のやつめ、ずいぶん精が出る。

奥歯を嚙みしめた広家は、秀吉が会いたがらないならいつまで待っても仕方があるまいと思って、立ち上がった。下城しようと歩き出したとき、御殿の奥から甲高いわめき声や、「お静まりなされ」という声、さらには複数の足音などがやかましくやってくるのを聞いた。

何事かと思って廊下に出てみれば、広家と同じく烏帽子を頭にのせた男が奥へ戻ろうとするのを、御殿に勤める番士たちが群がって押しとどめ、追い返そうとしている。

「手前に臆病なるふるまいがあったならば話はわかる。手柄を立ててお咎めを受けるとは心得られぬ」

叫んだ烏帽子の男は、金吾中納言、小早川秀秋だった。

場所柄をおわきまえくだされ、と言って、番士たちが束になって行く手を阻むものだから、秀秋はどんどん押し戻され、よろよろとこちらへやって来た。

「なにゆえに弁明すらさせていただけぬ。殿下に直々に言上させよ。うぬら、そこをどかぬか」

いつもはあまり物も言わず、微笑を浮かべているばかりの十七歳の若者が激しい怒りをあらわにしているため、広家も面食らい、立ち尽して見守った。

やがて、秀秋は広家を認めた。近づいてくるや、広家の直垂の、両の袖を摑んだ。

「悔しい。悔しゅうござる」

　毛利宗家と吉川家、および小早川家は毛利三家と呼ばれていたが、いまや小早川家は毛利家を離れ、豊臣家の分家のように目されている。けれども、やはり養父は広家の叔父であったのだから、親しき者に出会ったと思ってほっとしたのかもしれない。秀秋は涙をこぼしながら、悔しい、悔しい、と繰り返し訴える。

「いかがなされましたか」

「すべては憎き治部少めの仕業《しわざ》。許せぬ」

　周囲の空気が張りつめた。

　陰口を叩く者ならいざしらず、公然と、しかも殿中において声高に石田三成の悪口を言う者など、めったにいるものではないからだ。才覚ある者として秀吉が重用したから、みながみな、三成の言葉は秀吉の言葉と考えるようになっていたし、三成の機嫌を損ねれば、どのような災いが身に及ぶかわからないと恐れていた。

「ちと、声が大きゅうござるわ」

　秀秋の言葉がさも戯れに過ぎないかのように、広家は笑いながら窘《たしな》めた。それから、番士たちに声をかける。

「ご一同、もうご懸念には及ばぬ。金吾殿のことはそれがしにおまかせあれ。さあ、お役目にお戻りなされよ」

番士らは、ようやく散っていった。広家は秀秋をおのれの詰めの間に招じ入れた。

「何事でござりまするか」

膝を接するようにして座り、小声で尋ねると、秀秋は涙ながらに語り出す。

「大将分ながら、みずから敵中に切り込むとは粗忽《そこつ》にも程がある、と殿下は厳《いこ》うお怒りとのこと。だが、治部少めの讒言のせいよ」

また犠牲者がいたか、と広家は思った。

蔚山城を救援する戦いで、秀秋はみずからの刀で十三騎を討ち果たしたということだ。たまたま秀吉の義理の甥だったから高い身分を得ただけで、武人としては無能と見なす向きも多かったが、この働きによって秀秋に対する世の評価が格段にあがったことは間違いない。しかしそれさえも、三成の手にかかれば処分の理由となってしまう。

「えい、我慢がならぬ。もう一度、殿下へのお取次を願い上げてまいる」

立ち上がろうとする秀秋の腕を慌てて押える。

「お控えなされ。これ以上騒げばさらにひどいお咎めを受けることに――」

「お放しくだされ。この秀秋、越前《えちぜん》へ移れなどと命じられるくらいならば、死を賜ったほうがよい」

「何と申された」

「黄梅院殿《おうばいいん》（隆景）より譲り受けし筑前名島の城を召し上げられ、越前北《きた》ノ庄《しょう》へ移らねばならぬというのでござる。三十万七千石が十五万石に減らされるのですぞ。しかも、収公される旧領は、治部少めが代官として治めるらしい。これを黙っていられましょうや」

話すにつれ、秀秋の声はどんどん大きくなっていった。しまいには、

「御前にて、見事に腹切ってくれる」

などと叫んで立ち上がろうとした。

放してはえらいことになると焦って、広家は必死に秀秋の腕を摑む。

「お気持ちはようわかり申す。されど、まずは落ち着かれませ」

「放されよ、出雲殿。えい、放せ」

「お声が大き過ぎると申しておりましょう」

この小僧、大人しそうな顔をして、俺などよりよほど短気と見えると閉口しながら、なんとか宥めようと広家は努めた。しかし、秀秋はまるで聞かず、放せ、放せ、と言って暴れ出す。まるで子供が喧嘩をするように、二人は畳の上でもつれ合うことになった。

すると、御殿坊主が駆けつける。

「お静まりくださりませ。江戸の内府様がお通りでござりまするぞ」

正二位《しょうにい》内大臣、徳川家康は諸侯中最大の封土を持つばかりか、豊臣政権の法令に連署する年寄衆（大老）のうちの筆頭者でもある。興奮して暴れていた秀秋すら、家康が来ると聞くや動きを止めた。居住まいを正し、衣の乱れを直しはじめる。そこで広家もまた、

袴を整えて座り直した。

広家と秀秋がともに驚いたのは、家康がいつもと違ったせわしない足取りでやって来て、二人がいた部屋に飛び込んできたことだった。広家は、叱りつけられるものと覚悟した。秀吉の怒りを買っている者同士がもつれ合い、騒いでいたのだから、またしても良からぬことを秀吉の耳に入れる者がいてもおかしくない。おのれの不興を伝えるのに、秀吉がわざわざ家康を遣わしたとすれば、処分は重いものと覚悟しなければならない。

ところが、家康は同情するような顔つきで広家たちのもとに近づいてきた。

「ご両所、おそろいでござったか」

短い脚を折り曲げ、まるまると肥った胴を二人の目の前に据える。鰓《えら》の張った、大きな顔に首は隠れ、さながら達磨《だるま》人形のようだ。

「ご両所に科《とが》なきことは、重々承知してござりまするぞ。貴殿らこそ、まさに日の本ののふの鑑《かがみ》。高麗《こうらい》でのお手柄をそれがしも聞き及び、まことに感服仕り申した」

秀秋は、忝きお言葉、と言って感涙を流している。

「とくに金吾殿は辛うござりましょうなあ……されど、ご懸念には及びませぬ。それがしが悪いようにはいたしませぬゆえ、ひとまずはご下知に服されよ」

驚いて顔を上げた秀秋に、家康は目尻に皺をつくってうなずく。

「いずれは名島にお戻りになれるよう取り計らいまするゆえ、ご安堵なさるがよい」

家康は今度は、その優しい目つきを広家に向ける。

「貴殿にも決して悪いようにはいたしませぬぞ。安芸中納言（毛利輝元）殿ともよう相談いたし、折を見て、殿下のお怒りをお解き申し上げる。まずは万事、この家康におまかせあれ」

心強く感じてか、秀秋は正体もなく泣いている。広家もいちおうは頭を下げ、感謝の意をあらわしたけれど、心中では、いつもの家康らしくなくて薄気味悪いと思っていた。家康という人は、秀吉に対してはもちろんのこと、他の諸侯に対しても礼を失するような態度は決して取らないが、人の涙や怒りにじっくりと向き合うような、面倒見の良い男ではなかったはずだ。

ここへ来て、三成は以前にも増して熱心に、気に入らない者たちを叩こうとしているかに見える。いっぽう家康は、三成に叩かれ、憤慨を抱くにいたった者たちの心を努めてとろうとしはじめているのではないか。そしてそうであれば、秀吉の容体は思っていた以上に悪いと考えるべきだろう。すなわち、政権の中枢に座を占める者たちが、秀吉死後の天下のために動き出しているということだ。

あるいは、自分や秀秋が秀吉への拝謁を許されないのも、実際は秀吉が怒っているせいではないのでないか、とも広家は思う。秀吉は病床ですっかり眠っており、それをよいことに、側近の奉行が「太閤殿下はお怒りだ」と発表しているだけではないのか。だとすれば、三成らは秀吉の病をも、今後の覇権争いのために利用していることになる。

律義者もその正体をあらわさんとしているか……。

家康に頭を下げながら、隆景が恐れていた大乱が間近に迫っているのかもしれない、と広家は考えていた。

二

おのれの命が尽きようとしていることを悟った秀吉は、秀頼の行く末のための準備を急いだ。昏睡することが多くなっていたが、目を覚ませば三成を呼びつけ、自分の死後も豊臣家と秀頼を安泰に保つための方策を指示した。

まずは、秀頼を補佐する、いわゆる五大老五奉行の制を定めた。すなわち、徳川家康、前田利家、毛利輝元、宇喜多秀家、上杉景勝《うえすぎかげかつ》の有力大名を大老（年寄、奉行とも）とし、前田玄以《げんい》、浅野長政《ながまさ》、増田長盛、石田三成、長束正家《なつかまさいえ》の豊臣家の奉行（年寄とも）らと諸事につき合議させることにした。

この五大老五奉行は十人衆などとも呼ばれたが、秀吉は中でも徳川家康と前田利家には特殊の地位を与え、最終的にはこの両名の意を得なければならないと定めた。さらに、家康は伏見にあって専《もっぱ》ら政務にたずさわり、利家は守役として、秀頼とともに大坂に移れとも命じた。

　いっぽう、諸大名には、秀頼に対し、秀吉に対するのと同じく忠誠を尽すことや、法度置目《おきめ》を遵守することを誓う起請文を、家康と利家のもとにたびたび提出させた。また同内容の起請文を、五大老と五奉行のあいだでも取り交わさせた。

　八月も十日を過ぎると、秀吉はほとんど目を覚まさなくなる。それでも、諸侯一の律義者として知られる家康は、とくに仕事がなくても毎日、伏見城の本丸御殿に登っていた。秀吉が目を覚まし、「内府殿はいずこ」と言ったとき、すぐに飛んでいけるように待機するためだ。

　秋八月とはいえその日は暑かった。肥った身には堪え難い、などと思いながらも、家康は扇も使わず、自分の執務室に姿勢を正してじっと座っていた。無聊《ぶりょう》のために眠くなり、首が垂れたとき、ようやく秀吉の近習が家康のもとに走ってきた。

「殿下がお目覚めにござります」

　家康は汗を拭うこともなく立ち上がった。

　寝所に入ったとき、下座に石田三成と増田長盛がいるのを見た。会釈をしたものの、三成は顔を背けて無視した。

　とくに気にとめない素振りで、家康は上段に横たわる秀吉のそばまで進んだ。簾《す》はおろされておらず、病みさらばえたその顔が見えた。せっかく参上したのに、秀吉はまた眠ってしまったようだ。

　仕方なく、家康は上段の框のすぐそばに膝を折った。隣には、二年前に大納言に昇叙した加賀侯、前田利家がすでにいた。目礼すると、利家は目礼を返してくれた。それから、こう言った。

「参られたか。やはり、内府殿は律義者でござる」

「なんの。で、ご様子は」

　芳しくはないのだろう、利家はうつむくばかりで答えなかった。しばらくして、こう言った。

「貴殿がおそばにおられれば、殿下も心強う思《おぼ》し召《め》しのはず」

　家康は、恥じ入って見せるために背を丸めた。それから、まさに死のうとしている秀吉の顔を見つめた。それがしは実は、律義者ではまるでないのでござるよ、と心中で語りかける。

　みなが自分のことを驚きと称賛をもって「律義者」と呼ぶのは、いわゆる小牧《こまき》・長久手《ながくて》の戦いのとき、秀吉を相手に分のよい戦い方をしたにもかかわらず、いざ豊臣家に臣従すると決意するや、臣下としての礼譲を貫いたからだろう。けれども、秀吉に対して常に低姿勢であったのは、律義な性格のゆえではなく、そうせざるを得なかったからに過ぎないのだ。

徳川家の本拠、岡崎《おかざき》を突こうとする敵を長久手において打ち破ったとはいえ、それは局地的な勝利に過ぎないのであって、秀吉に徹底的な打撃を与えたわけではない。しかも、あの戦いから日を追うごとに、秀吉に臣従する大名は増えていった。のちに徳川家の領地は豊臣家の蔵入地を越えることになるが、そうは言っても、すでに九州や関東にまで大軍を進め、日本全土を武力で威圧することに成功した秀吉と家康とでは、実力に雲泥《うんでい》の差ができてしまったのだ。おのれや家臣たちを危険に晒さないためには、秀吉の怒りを買わないよう、身を慎まねばならなかった。

家康は、眠る秀吉の細い胸が呼吸に合わせてゆっくりと上下するさまを見た。

秀吉の心臓がごく弱くでも動きつづけるかぎり、何人たりとも目立った行動はとれないだろうと家康は思う。「太閤ご危篤」によって人々の心が波立つとき、不穏な動きを見せれば、不届き者、忘恩の者と断罪されて、下手をすればこの城にいるあいだにも包討《つつみうち》にされかねない。

だが、この痩せた胸の上下動が止まったならば――。

秀吉の目が開いた。うつろな視線は格天井《ごうてんじょう》のあちこちへ移動し、やがて家康と利家をとらえた。

「内府殿に、大納言殿か」

衾から染みだらけの、枯れ枝のような手が出てきた。手招きされて、家康と利家は上段へあがり、秀吉の枕元へ躙《にじ》り寄った。

「秀頼がこと、くれぐれもよろしゅうお頼み申す」

重々承ってござる、及ばずながらご幼君のため精いっぱいに尽力いたしまする、などと、家康と利家が繰り返し言っても、秀吉は懇願をやめない。

「あれが立派に成人するまで、よしなに、よしなにお願い申す」

涙声で言いつづけるうち、秀吉は激しい咳をはじめた。急須の水を飲み、ようやく一呼吸ついたとき、利家が思い詰めたように口を開いた。

「殿下、伏して願い上げたき儀がござりまする」

秀吉は、利家の顔を不思議そうに見た。いまにも死のうとする自分に何をしろというのだろうか、とでも言いたげに。

「高麗在陣諸将のことにござりまする。早々に引き上げるよう、命じられてはいかがかと……」

古くからの誼《よしみ》がある上、いまの秀吉は衰えきっているとはいえ、よくも面と向かってこのようなことを言う勇気が利家にはあるものだ。そう家康は感心した。

秀吉は考え込んでいる様子であったが、やがて涙目で家康を見た。

「内府殿、なにゆえに唐入りはうまくゆかぬのかの」

家康は同情するように何度もうなずいて見せたが、何も言わなかった。

「わしは惣見院殿《そうけんいんでん》（織田信長）の仇《かたき》、惟任日向《これとうひゅうが》（明智光秀）めを退治し、乱れていた日の本を平らげ、宸襟《しんきん》（天皇のお心）を安んじまいらせた。それなのに、なぜに大明をなかなか討てぬ」

愚かな男だ、と家康は思っている。日本を平定して後、その卓越した富や武威、智慧、そして精力を、内治と後継体制の確立に注いでいれば、豊臣政権のありさまはずいぶん変わっていただろう。秀吉とて、これほど大きな憂いを残して死んでいく必要もなかったはずだ。無益な外征と関白秀次への賜死によって、この政権は求心力や正当性を失ってしまった。

秀吉が全国的な政権を作る端緒は、天皇に仕える関白として、〈惣無事令〉などと呼ばれる停戦命令を全国に発したことにある。

それまで領主たちは土地をめぐる紛争を、武器をとって自力で解決してきた。しかし、これは辛いことでもある。自分より強い者に強引に土地を奪われたとしても、訴え出る場所もなく、取り返しようがないからだ。日夜、勇ましいことを口にして大兵《たいへい》を養い、また城の籬を高くし、堀を深くしながらも、本音では多くの領主が、この自力救済の戦国の世に疲れていた。

そのとき、秀吉が朝廷という伝統的な権威を借りながら、「もし領土についての争いや不満があれば、関白たるこの秀吉に訴え出よ。俺が天子になりかわって裁定してやる。もし俺の命を待たず、自力で紛争を解決すべく兵を動かす輩がいれば容赦なく武力討伐する」といった内容の命令を発してくれたのだ。結果として、秀吉は多くの領主を糾合し、その結集した力をもって反抗する者どもを討ち破り、乱世を鎮めることに成功した。

ところが、統一政権が誕生し、ようやく息をつけると思った矢先に、当の秀吉が「唐天竺まで攻め獲る」などといって海外への派兵を命じたものだから、領主らの失望は甚だしかった。しかも、実際の朝鮮半島での戦いは苦しいばかりで何の益もなく、彼らは豊臣家に仕える理由をまるで見失った。

その上、天下統一の方便として持ち出した朝廷との関係も、秀次を殺したことによって秀吉はみずから断ち切ってしまう。

甥の秀次を関白職に据えたのは、秀吉が京を離れてまずは肥前名護屋《なごや》の本営に移り、さらにはみずから大陸へ渡ると言いはじめたとき、公家たちから大いに反発があったからだ。天皇への奏聞《そうもん》にせよ、天皇からの宣下《せんげ》にせよ、朝廷の重要書類のすべてに関白は目を通すことになっている。つまり、もし京から関白がいなくなれば、朝廷の活動が一切停止しかねないのだ。「遠くへ戦に行きたいのならば、関白職を旧来の摂関家に戻せ」とまで言い出す公家もいた。そこで秀吉は、唐入りをはじめる直前に秀次に関白職を譲り、京の聚楽第に住まわせた。もちろん重要事項については、秀吉は征旅の途次から秀次に指示を与えるつもりでいたのだろう。

しかしながら秀頼可愛さのあまり、前関白たる太閤秀吉はその秀次を殺してしまった。秀吉には公家に関白職を返すつもりなど毛頭なかったし、かといって、秀頼はまだ幼児でもあり、同職を譲り渡すにふさわしい眷族《けんぞく》もいなかったため、関白は空位になっている。

このことは、諸侯の心中に当然のことながら強い疑問を植えつけたはずだと家康は思っている。すなわち、自分はなぜ関白でもなく、関白の父でもない男に従わなければならないのだろうかという疑問である。戦の疲れから解き放ち、じっくりと自領を肥やせる世にしてくれるならいざしらず、その男に仕えたところで、戦や城の普請に駆り立てられるだけだというのに。

もちろん、秀吉という希代の大英雄が生きているあいだは、誰もがじっと息をひそめて豊臣家に叩頭《こうとう》しているだろう。だが秀吉が死ねば呪法が解けたように、豊臣家など幻のごときものであることがあらわとなるはずだ。しかも、その幻の楼閣の主は、六歳の幼児に過ぎない。自身はさしたる武力も経済力も持たない奉行たちが、その幼児や豊臣の名のもとに大名たちを押えつけようとしても、もはやうまくはゆかなくなる。そして、諸侯がそれぞれ思うさまな行動をはじめれば、その先に待っているのは干戈《かんか》にほかなるまい。

そのような家康の思いをよそに、秀吉は涙を流しながら尋ねてくる。

「なにゆえじゃ。なにゆえに、異国の者どもに勝てぬ」

「かの地は、広いゆえでございます」

指揮者としてあるまじきことだが、秀吉は朝鮮や明の地理など何もわからずに戦いをはじめている。それをよいことに、家康はいい加減なことを言った。

「広い、広い国であるがゆえに、いくら兵を送っても足らぬのでございます。あちらを攻めれば、こちらを突かれるという具合に」

「さようか……さまでに広いか」

そこでまた、利家が力強く、殿下、と声をかけた。

「兵を撤するべきでござりまする。それがご幼君の、そしてご当家百年の御為にござりまする」

しかし、秀吉は反応しなかった。急にくたびれた顔つきになる。

「秀頼……」

つぶやくや目をつぶり、また寝息を立ててしまった。

この男には、我が子のこと以外はもはや考えられないのだ、と家康は心中で嘲笑《あざわら》った。朝鮮で戦いつづける将兵の苦労もまるでわからない。彼らを早期に帰還させないでいれば、かえって政権に対する世の怨嗟《えんさ》を強め、秀頼にとって不利になるというのに。

がくりと肩を落とす利家に目礼すると、家康は立ち上がり、ひとり退出した。

あと少しだ。

高麗縁《こうらいべり》の畳廊下を歩きながら、家康は胸の内で言っていた。

あと少しで、俺は律義者ではなくなる、と。

慶長三年八月十八日、秀吉は六十二歳の生涯を閉じた。

しかし、秀吉の死はしばらく秘されることになった。政権の首脳たる大老や奉行たちは、朝鮮の将兵をただちに撤退させることにしたのだが、秀吉が死んだことが露見すれば、明・朝鮮側が勢いを得て、日本勢を激しく追撃するかもしれないと判断したからである。

ただでさえ小男であった秀吉の病み衰えた小さな亡骸《なきがら》は、ただちに柩《ひつぎ》に納められ、僧侶でもある徳善院《とくぜんいん》前田玄以の指揮の下、夜陰に紛れて城から運び出された。そして、洛東は方広寺《ほうこうじ》の裏手にあたる阿弥陀《あみだ》ヶ峰《みね》の頂に、ひっそりと埋葬された。

位人臣《くらいじんしん》を極めた男には似合わない、淋しい最期であった。

三

「誓紙の血判も乾かぬうちと申すに、これぞあからさまな反逆でござりまする。看過いたさば、世の混乱は必定《ひつじょう》」

恵瓊の言葉を、安芸中納言、毛利輝元はさかんにうなずいて聞いている。

そこは、大坂は木津《きづ》にある毛利邸だった。

この年、すなわち慶長四年（一五九九）の正月十日に、秀吉の遺言に従って秀頼と前田利家は大坂城に入った。伏見に残るべしとされた家康以外の大老や、他の大名らも大坂の屋敷に移動していた。

「内府め、許せぬ」

輝元がひどく憤った様子で言ったので、恵瓊はこれでよい、と思った。秀吉が定め置いた掟《おきて》に、家康が明らかに背いたことを二人は憤慨している。

すでに文禄四年（一五九五）に定められた掟によれば、大名同士の婚儀は、届け出て許可を得なければならないことになっていた。婚姻を通じ、豊臣家の支配に逆らうための極秘の軍事同盟が結ばれるのを防止するためである。もちろん、いまの豊臣家の当主、秀頼自身は七歳の幼児であるから、届け出があった場合には、五大老五奉行の十人衆が合議した上で、公儀として許可するという形をとることになる。

ところが、「太閤様が亡くなられた後もお掟を固く守ります」という起請文をついこのあいだ書いたばかりというのに、家康が届け出もせず、多くの大名と婚約を結んでいたことが発覚したのだ。たとえば、六男の松平忠輝《まつだいらただてる》と伊達政宗の娘を妻あわせたり、親族や家臣の娘をみずからの養女として、加藤清正や黒田長政、また福島正則の養子、正之《まさゆき》、蜂須賀家政の子、至鎮《よししげ》らに嫁がせる取り決めをしていた。

あの狸、化けの皮をはがしおった。

そう、恵瓊は苦々しく思っている。家康は、自分は次の天下を狙っていると宣言したようなものであった。

面と向かって文句をつけられる者などいるはずもないと、家康は高を括っているのかもしれない。あるいは文句をつけてくる者がいたとしても、実力で叩きつぶしてやろうと思っているのだろう。

「故太閤殿下は、上様に西国の押えをお委ね申されたのでござりまする。それを、ゆめお忘れになりませぬよう。内府めに対し、強い態度でおのぞみくださりませ」

秀吉は生前、東国の支配は徳川家康に、西国の支配は毛利輝元にまかせれば、天下は静謐《せいひつ》に治まると繰り返し言っていた。秀吉としては本心ではなく、大名たちの心をつなぎ止めるための単なる殺し文句のつもりだったのかもしれないが、恵瓊はそれを取り上げて、輝元を煽ったのだ。

祖父の毛利元就はもちろん、叔父の吉川元春や小早川隆景といった類まれな名将たちに囲まれ、薫陶を受けながら育った輝元は、心中にいじけた部分を宿しているのを恵瓊は見抜いていた。なぜ、毛利家の当主たる自分が、まるで無能者のように叱責を受けつづけなければならないのか、という不満を抱いてきたのだ。だからこそその反動で、うまくおだてれば輝元はどこまでも舞いあがってくれる。

実際、恵瓊の扇動演説をさんざん聞かされた輝元は、半分怒りながらも、半分喜んでいるような顔つきになっている。それを見て、恵瓊は安堵した。これから、輝元をはじめとする四大老と五奉行が大坂城の御殿に参集して協議することになっているが、強い家康包囲網をつくるべく積極的に発言してくれるはずだ。

個別に家康に立ち向かったとしても、他の大名たちに勝ち目はない。しかし、秀頼公の御名の下に集結してあたれば、家康を討てるはずだと恵瓊は信じていた。そのためには、秀頼のそばにいる利家と奉行衆はもちろん、関東の徳川領に背後からにらみをきかせる会《あい》津《づ》の上杉景勝との連携を緊密にしなければならないのだ。

「もう一つ、急ぎ上様のご下命を仰ぎたき儀がございまする」

と言って、恵瓊は畳に頭を近づけた。

「出雲侍従殿のことにございまするが……」

出雲侍従、吉川蔵人頭広家は、蔚山の戦いで秀吉の勘気をこうむって以降、家政の中枢から遠ざけられていた。

この戦いにまつわる処分については、加藤清正、黒田長政、蜂須賀家政らが、石田三成や増田長盛らの讒言によるものだと抗議し、裁定のやり直しを求めている。そればかりか、彼らはしばしば家康のもとへ行き、三成を奉行からはずすべきだと談じ込んでいるらしい。

いっぽう、毛利家は恵瓊の主導のもと、三成や長盛らとの連携を強めようとしているのだから、清正や長政らと親しい広家が重要政務からはずされるのも無理はなかった。

「長老殿、蔵人とあまり不和であるのは困るぞ」

困惑顔で輝元は言った。またもや、恵瓊が広家を非難するつもりだと思ったようだ。

「確かに粗忽なところはあるが、あれは余の従弟だ。黄梅院殿も身罷られる前、蔵人を大事にせよと申されておった」

「仰せ、ごもっとも」

と応じて、恵瓊はつづけた。

「ご当家および天下の一大事が出来《しゅったい》したいまこそ、蔵人頭殿のお力が必要なとき。ただちに広島に立ち帰り、兵を率いてまいられるよう、お命じくださりませ」

恵瓊にとって、広家は生意気で、憎らしい奴だ。けれども、毛利両川のうち唯一残った吉川家の当主であるし、毛利家中において軍事上の大きな権限を持っている。この男もうまく利用しなければ、宿願をかなえることはできない。

おのれの才覚をもって、毛利輝元に天下を取らせる。それが、恵瓊の夢だった。

実家の武田家が元就に攻め滅ぼされたため、幼いうちに恵瓊は寺に入らなければならなかった。そしてのちには、毛利家の使僧として活躍するにいたる。つまり恵瓊にとって、毛利家の人々は自分の一族を滅ぼした敵でもあり、活躍の場を与えてくれた恩人でもあった。

いまや、恵瓊の心中からは、毛利一族と戦って復讐を果たそうなどという思いは失せている。それよりも、生涯をかけた企図のために毛利家を使おうと考えていた。

元就は一代で中国八ヶ国を支配するまでにのし上がった男ではあるが、所詮、天下は取れなかった。無謀で危険なこととして、みずからにも、一族にも、天下を狙うことを禁じた。けれども、元就の遺命を破り、おのれが智慧を授けることによって、その孫、輝元が天下を手に入れたとすれば、自分は元就を越えたことになるのではないか、と恵瓊は思うのだ。輝元が天下人になることこそが、元就への復讐であり、幼少のうちに不遇に突き落とされた自分が世を見返す最適な方法ではないか。その思いこそが、策士、恵瓊に絶えざる活力を与えている。

「戦か」

兵を率いる云々と聞いて、勇んでいるのか恐れているのか、輝元は離れた目をむいた。

「それも辞さずという態度を、早いうちに内府めに示してやることが肝要にござります る」

毛利の天下のためには、まずもって家康を叩かなければならないのは言うまでもないが、彼が大軍を江戸から呼び寄せてしまっては遅い。まだ徳川の戦闘態勢が整わないうちに、広家に毛利の軍勢を上方まで率いて来させなければならないのだ。そうすれば、軍事力で家康を圧倒できるばかりか、輝元の命があれば、広家も忠実に行動するという家中の体制を確立できる。大坂に毛利の大兵が集結すれば、他の大老や、秀頼に忠節を尽そうとする大名たちも心を強くし、家康を包囲する姿勢を明確にするだろう。あるいは、早々に家康を討てないとも限らないとさえ恵瓊は思っている。

「とにもかくにも、上様は西国の守護者にござりまする」

「何度も申さずともわかっておるわ」

うるさそうに言いつつも、上気した表情で輝元は立ち上がった。

「長老殿よ、蔵人に余の命を伝えられよ。なるたけ多くの兵を率いてまいれとな」

言い残すと、輝元は登城すべく勇んで歩き出した。


四大老と五奉行は協議の結果、まずはこの掟破りの婚約にかかわる者たちへ詰問使を差し向けることにした。ところが誰も彼も、とぼけた返答をするばかりで要領を得ない。

福島正則は「手前のような太閤様のご恩によって人がましき身分となった者が内府殿と縁を結べば、豊家のためにも、ご幼君のためにもなると思うたまで。ひとえに忠心より出でたことにござる」と悪びれずに言ってのけた。蜂須賀家政は「五大老筆頭の内府殿よりのお話ゆえ、まさかご公儀に背くものとは思いも寄らず」などと答える。当の家康は「媒酌の者がすでに届け出、お許しを得ておったものと思い込んでおったが……そうであったか」と、初めて聞く話であるように驚いた顔をした。堺の町衆で、伊達家と徳川家とのあいだを取り持った今井宗薫《いまいそうくん》を呼びつけてみれば、「手前は町人ゆえ、武家のご法度についてはまるで不案内でござりまして……」と答え、公許を得るのは自分のつとめではないと匂わせる。さらに伊達政宗に質《ただ》してみれば、「ご公許云々については、拙者は存じませぬ。すべてを宗薫にまかせてござったゆえ」などと言い逃れようとした。

大坂城で顔を合わせた大老と奉行たちは、報告を聞いて一様に憤慨した。三成もまた、もちろん腹を立てていたが、しかし同時に、これでよいとも思っている。家康の非道が明らかとなり、十人衆のうちの九人はおろか、他の諸侯のうちにも非難の声が高まれば都合が良いからだ。家康を追いつめ、封じ込められれば、家康と通じて自分を政権中枢から除こうとする者たちの意を挫くこともできるだろう。

実際、同席する大老たちの顔色を見て、三成は心強く思った。上杉景勝はもともと感情表現が薄く、内心のほどははっきりしないが、若い宇喜多秀家は、自分を豊臣宮廷の花形貴公子に育ててくれた秀吉に対する個人的な思い入れからだろう、太閤の遺命をないがしろにする家康に対して心底怒っているように見える。輝元が目をむき、「内府めは十人衆より除名すべし」とわめいているのは、恵瓊の説得が功を奏したようだ。

中でも、朝廷の官位では家康に次ぎ、秀頼の守役とされた利家の憤慨ぶりが頼もしかった。誇り高い利家は、秀吉の定めた掟や、秀頼をもり立てるべき五大老五奉行の制度が踏みにじられることは、自分が軽んじられることだと感じているのだろう。

「もっとよう、家康の真意を質さねばならぬ。返答によっては槍をとることも辞さぬ」

と、息巻く。

利家は、戦場の勇者であるばかりか、生一本な性格で知られ、諸侯の人望も厚い。この男が秀頼に寄り添っているかぎり、分はこちらにあると三成は確信していた。そして、利家の機嫌をとりつつ、そのそばにいられれば、いかに多くの者に憎まれていようと自分の身も安全だとも思っている。

「大納言殿の申される通り。あらためて、承兌《じょうたい》長老に三中老を添え、内府のもとへ派遣してはいかがでござろう」

内心ほくそ笑みながら、三成は提案した。

禅宗全体の統括者たる鹿苑僧録《ろくおんそうろく》、西笑《せいしょう》承兌は、和漢の書物に通じた言語の達人であるばかりか、頭の回転の速い男で、寺社行政や外交の顧問として秀吉に重宝された。よってこの男ならば、家康の前に出てもやり込められることはあるまい、という期待が三成にはある。いっぽう、生駒親正《ちかまさ》、堀尾吉晴《ほりおよしはる》、中村一氏《なかむらかずうじ》の三中老は、五大老と五奉行のあいだに意見の齟齬《そご》があった場合、その仲裁をするものとされていた。まさに秀頼の住まう城から、家康の真意を質すべく派遣される詰問使にふさわしい者たちであろう。

三成の提案に対して、それは妙案であると、一同はただちに賛意を示した。

秀頼から遣わされた上使のつもりで、強い態度でのぞめと言い含められていたにもかかわらず、詰問使の四人は伏見の徳川邸に着いただけで驚き入り、肝を奪われてしまった。周囲には福島正則、黒田孝高・長政父子、蜂須賀家政、細川忠興、池田輝政《てるまさ》、森忠政《もりただまさ》、藤堂高虎、京極高次《きょうごくたかつぐ》らの兵がひしめいていたからだ。もし大坂から家康討伐の兵が差し向けられれば、まずは自分たちが相手になるという意思表示であろう。

屋敷の門をくぐり、御殿の広間へいたれば、家康派の諸侯が参集していた。中には、朝鮮で大いに武名をあげた加藤清正の姿もある。上段に座って挨拶を受ける家康自身は、傍らに据えた甲冑を一同に見せて、

「これは、まことに縁起よき具足。小牧の戦で、故太閤に勝利いたせしときに着けておったものゆえ。こたびもこれを着て、一戦いたす所存」

などと言っている。

それを聞いた客人たちも、

「誰かは内府殿に敵すべし」

と騒いだ。

それを見た時点で、詰問使たちはますます気を呑まれた。

客人たちを下がらせ、いよいよ詰問使と対面するに際しても、家康は上段から動こうとはしない。仕方なく、使者らは下座についた。承兌が代表して、大坂の大老奉行たちの口上を述べる。

「太閤様ご薨去の後、内府殿の行いは万事につき憚《はばか》りなきがごとし。なかんずく諸大名の縁組みは、ご先代よりのご法式あるにもかかわらず、十人衆にての相談もなく、ご一人にて取り決められたる段、公辺に対し奉り、逆意をかまえるに等しき所業なり。これにつき分明なるご返答なくば、貴殿を十人衆より除き申すよりほかなしと存ずるが、如何」

するると、家康は恥ずかしげな様子で背中を丸めた。

「お掟に違背してしもうたのは、いかにもそれがしの誤りでござった」

太閤在世時と同じ、慎み深い「律義な徳川殿」の姿を見て、承兌をはじめ下段に居並ぶ者は一様にほっと安堵の息をついた。ところが顔を上げたとき、家康の表情は一変していた。ぎらりと目を輝かせ、痛憤この上なしと言いたげに肉付きのよい頬を震わせる。

「さりながら……それがしに逆意があるとは聞き捨てならぬ。誰を証人としてそう申すのか、お答えいただきたい。ご返答によっては、それがしにも考えがござる」

反対に問いを突きつけられて、詰問使は震えあがった。

「そもそも、それがしは畏《かしこ》くも故殿下より直々に、天下の仕置きにつきご委任をいただいておる。それがしを十人衆より除かれるとなれば、それこそご遺命に違背することにはならぬか」

怒鳴りつけられて、本来詰問するほうが平伏し、恐れ入ってしまっている。弁舌に長けているはずの承兌も、物が言えない。

「大坂へ急ぎ立ち帰り、家康がそう申しておったとお伝えあれ」

下段の一同は、ほうほうの体で引き上げるよりほかはなかった。

四

女はときどき、長い、茜色の袖で口元をおさえ、咳をする。

「風邪か」

「ご心配なく」

「夕霧よ、少し痩せたのではあるまいか」

「そんなことはありません」

「居続けしてすまぬの」

遊女は広家の膝に手を置いた。それから、爪を食い込ませる。

「痛いぞ。何をする」

「意地悪なことをおっしゃるから。まるで私が、旦那様が居続けなさるのを嫌がっているみたいに」

夕霧は広家に杯を取らせた。なみなみと注ぐ。広家がそれを飲み干すと、夕霧は杯をひったくった。

「咳が出るのに飲むものではない」

窘めたが、大事はありませぬ、と言って、女は杯を突き出す。仕方なく、広家は鉄銚《てつちょう》子《し》を取り上げ、酒を注いでやった。

そこは、京は六条三筋町の白妙屋である。上方でのつとめに退屈すると、夕霧のもとへ忍んで行くことにしていた。

「無理はするな。そなたは下がって休んでもよいのだぞ。この座敷を貸してもらえれば──」

「他の女をお召しになりますか」

夕霧は嗄れた声で、恨めしそうに言う。

「悋気《りんき》に付き合うておる暇はない」

「旦那様とて、このようなところにいつまでもお留まりになっていてよいのでございますか。あのお方が、日を追うごとに心配そうなお顔になってゆきますよ」

あのお方、とはどの女のことだろう、と広家は考え込む。

「ずっと隠れていて、ときどきお庭に出てくるお方がありましょう。狸のように」

「ああ、漬物石か」

藤谷伊知介のことかと気づいて、いささか安堵する。

大坂の屋敷を抜け出して京にのぼり、白妙屋に草鞋《わらじ》を脱いだところ、恵瓊が自分を探しているると広家は知らされた。それで居続けすることになったのだが、ここに身を隠しているのを知っているのは、吉川家中でもごく一部の者だけである。伊知介もその一人だが、伏見や大坂をめぐり、ときどき広家のもとを訪ねては、世の動きについて知らせてくれる。

「あの狸、今ごろもう来ているかもしれぬぞ。ちょいと、そこを開けてみよ」

夕霧は笑った。楽しげに障子戸のもとへ這ってゆき、引き開けて外を覗いた途端、叫びをあげた。転がってあとずさり、広家の背中につかまる。

「やはり、来ていたか」

表は暗かったが、室内の灯を映した瞳が二つ並んでいた。広家は夕霧の手を払いのけると、杯と銚子を持って立ち上がった。縁側に出、胡座をかく。寒い夜だ。

庭先に、まさに漬物石を思わせる、どっしりとした伊知介の体があった。杯を取らせ、酒を注いでやると、伊知介はがぶがぶと飲んだ。ずいぶん歩きまわったと見え、蹲踞する太短い脚には泥がたくさんついているようだ。よほど喉が渇いていたのか、立てつづけに三杯飲んでから言った。

「お年寄方が、そろそろ大坂へお戻りになられては、と……」

お年寄方とは、香川又左衛門ら、吉川家の家老たちのことだろう。

広家が姿をくらましているのは、屋敷に帰れば、広島から兵を率いてこいと言われるのはわかりきっているからである。伏見の徳川邸には徳川派の大名たちの兵が集まっており、恵瓊や、彼に唆された輝元は慌てて兵をかき集めようとしているのだ。

毛利家の家政の中枢から遠ざけられていることは、広家にとってはかえって気楽でよかった。けれども、最後に見た、自分に期待を寄せる隆景の淋しげな目は脳裏に焼きついている。諸侯が二手に分かれて対立するいま、わざわざ隆景の遺言に反して兵を率いてくる気にはなれなかった。

隆景は、上方で乱が起きれば輝元を安芸広島城から出してはならないと言っていたし、また、恵瓊に毛利の命運をゆだねてはならないとも言っていた。輝元が上方にいるうちに、恵瓊の期待通りに乱を起こさせないために、広家は姿をくらましている。そればかりか、毛利家中の主立った者たちにも人をやって「俺の指示があるまで軽々しく兵を動かすな」と言い聞かせてあった。

元就亡きあとの毛利家では、軍令は吉川元春や小早川隆景から出ていたのであり、当主輝元が直接に軍事的な決定をすることはなかった。元春の後継者である広家は、長らく毛利家中の部将たちとあまり親しく付き合ってこなかったが、朝鮮の地で毛利軍の采配を振り、幾度か戦果をあげて以来、彼らはそれなりの信頼を広家に寄せるにいたったようだ。みな、恵瓊や、恵瓊に踊らされた輝元周辺の指示より、広家の指示を第一としたようで、中国地方から軍勢を率いて上坂した者がいるという話は聞かなかった。

「榊原式部大輔《さかきばらしきぶのたいふ》殿の軍勢が江戸より西上中とのことにございまする」

伊知介は、さも大事が出来したというように報告した。

榊原式部大輔康政《やすまさ》は、本多中務大輔《ほんだなかつかさのたいふ》忠勝《ただかつ》、井伊《いい》兵部少輔《ひょうぶのしょう》直政《なおまさ》とともに徳川三人衆などと呼ばれ、徳川軍団の中でも屈指の有力部将である。

大坂にはいま、上方に在番している毛利家の人数の他、石田三成、増田長盛、宇喜多秀家、上杉景勝、小西行長、長宗我部盛親《もりちか》らの兵が集まっているとのことだ。けれども、伏見の家康のもとにはすでに大坂方を凌駕する大名の人数が集まっていたし、その上、榊原康政が徳川家の主力を率いてくるとなれば、勝負はついたようなものであった。伊知介が慌てた様子なのも、このまま大坂と伏見で合戦があれば、毛利家の一大事だと思っているからだろう。これまでは、元就や隆景の遺戒に従うべきだと思って、広家の逐電に協力していた又左衛門たちが慌てはじめたのも、そのためと思われた。

「どうかお屋敷へお戻りを。この危難に際し、上様のおそばに殿がおられなくて何となさいます」

自分がせっせと歩きまわっては情勢を告げ知らせているのも、広家にお家のために活躍してもらうためだと非難するように伊知介は言った。

「戦など起こらぬから、安心いたせ。治部めは焦りすぎたのよ」

笑って言うと、広家はみずからも酒をがぶりと飲んだ。

いま天《あめ》が下において、三成以上に焦っている者はあるまいと広家は思う。このままでは、いままでの権力を失うどころか、悪くすれば滅びなければならないと案じているのだろう。

三成は諸侯間の対立を激化させた張本人と思われているし、その観察もあながち間違いではないと広家も思っている。けれども、この対立は、豊臣政権がもともと孕《はら》んでいる二つの相反する性格に起因するものでもあった。すなわちこの政権が、封建制をもとにした公儀権力であるということだ。

封建制というのは、平たく言えば独立国の連合体のような社会体制である。そこでは、大名は自領内のことについては基本的に思うさまに仕置きを行えた。それぞれの土地の地勢や気候、そこから生じる産物、また社会慣習などに応じた領国経営を行って、彼らは富を増やそうとするのである。

しかしながら、公儀すなわち中央の統一政権は本性上、大名たちが勝手なことをして体制秩序が壊れないよう、彼らを縛りつけようとする。たとえば秀吉は、大名家の主従関係に介入し、その家臣らにどれくらいの扶持を与えるべきかなどを具体的に指示したり、大名領に奉行らを派遣して、政権に対する義務（軍役）を明確にするために検地を行わせたりした。また、わざわざ大名領の中に豊臣家の蔵入地を設定し、その管理を通じて、奉行らに諸大名の行動を監視させもした。

独立国の王たる大名たちは、もちろん内心ではそうした中央の介入を好んではいなかったし、とくに奉行たちが、あたかもみずからの言葉が秀吉の言葉であるかのような顔をして、自分の行いや領国内の仕置きについてやかましく指示することを快く思うはずもない。けれども、秀吉が生きているうちはその威を恐れ、誰もが奉行らの言葉にきわめて従順だった。いわば、諸侯の独立心は表立っては発揮されない状態にあったと言ってよいだろう。

ところが秀吉が死んだいま、諸大名はそれまでの反動もあって「もう三成らにうるさく言われるのはご免だ」という思いを強くしている。また、朝鮮からの諸将の引き上げはいちおう前年の十一月に終わったが、彼らは「これからは公儀の無茶な要求に振りまわされず、ゆっくりと自領の仕置きにあたりたい」と心底願うにいたっている。だからこそ、最大の領地を持つ徳川家康を盟主に担ぎ、奉行衆に対抗する動きに出ているのだ。

「治部めは、内府殿の手玉に乗っておる」

そうも広家は言った。

家康は、大名たちに担がれているだけではない。彼らの心をよく知り、それをうまく利用しようとしている。

「太閤が薨去なされてより、にわかにみながおのれの言葉に従わなくなり、治部は大慌てに慌てているのだ。だから、内府殿の挑発に乗り、倉卒に拳を振り上げた」

何より情けないのは、慌てる三成の動きにつられて、恵瓊が走りまわっていることだ。

「あの坊主は賢く立ち回っているつもりなのだろうが、所詮、治部とともに内府殿にいいようにあしらわれているだけだ」

広家が苦笑を浮かべると、伊知介は向きになる。

「笑うておってよいのでござりまするか。治部少輔殿とともに、お家は滅ぶやもしれませぬぞ」

「案ずるな。じっとしておれば、大事はあるまいよ。大坂城に加賀大納言殿がおられるかぎりはな」

大坂から家康を討つ兵がやって来れば、伏見に集結した大名たちはそれを退けるべく戦うだろうが、利家が秀頼とともにいる大坂へ、自分たちから率先して兵を進めるはずもなかった。家康とて、せっかく自分を頼り、周囲に集まってくれた者たちの不興を買ってまで戦をしようとは考えないだろう。

「こちらがじっとしておれば、戦にはならぬ」

欠伸をしながら、広家は言った。

「だがそろそろ、隠れん坊は終わりにしよう。伊知介に苦言をぶつけられるのにも飽きたゆえ」

不服そうな顔の伊知介を置いて立ち上がると、広家は部屋に入った。

「夕霧よ、世話になった」

「ようやく、お帰りでございますか」

女は、やれやれとでも言いたげな笑顔をつくったが、淋しげでもあった。

「また参る。ここはあの坊主にも知られておらぬしな」

鎖骨が浮き出た、華奢な肩をぽんと叩いてやると、広家は出発の支度をはじめた。

伊知介ら、わずかな供とともに夜道を行き、広家が木津の毛利邸に着いたときには翌朝になっていた。広間にはすでに輝元が出座しており、その前に大坂詰めの家臣たちが集まっている。中には小具足姿の者さえ見えた。

「早くからご苦労なことだ」

欠伸交じりに言って広間へ入ってゆくと、みな騒然となった。

「いったい、いままでどこにおられた」

怒声をあげたのは、一同の一番前に座る恵瓊だった。広家は知らぬ顔で歩み、輝元の目の前にどかと尻をおろした。さすがに疲れており、眠い。

「お主というやつは……この大事の折に、余を見捨てようと申すか」

輝元までもが、怒りをぶつけてくる。

広家は欠伸を嚙み殺して答えた。

「見捨てるなど、滅相もござりませぬ」

「ではなぜ、姿をくらましていた。いま、我らがどのような苦境に立たされているのかがわかっておるのか。伏見の者どもに比して、まるで兵が足らぬのだぞ」

「大坂へ兵を集めれば、かえって向こうを刺激し、戦端が開かれていたかもしれませぬぞ。それこそ、ご当家の滅亡は必定」

一度、恵瓊へ目をやり、険しい視線をぶつけ合ってから、また輝元へ向き直る。

「これでようおわかりでござろう。天下の形勢を」

「形勢……」

「人々が誰を頼りにしておるかが。良からぬ者に唆されて、軽々に動かれますな」

また、広家は立ち上がった。すると、恵瓊が叫びかける。

「どこへ参られるおつもりか」

「しばらく寝たい」

「いまこそ、ご当家と上様のために働かねばならぬとき」

輝元の前で失礼とは思ったが、広家は大欠伸をしてしまった。

「事ここに及んでは、もはや早々の和睦《わぼく》よりほかはござるまいて」

恵瓊がむっとした表情で言う。

「和睦だと。向こうが応じぬかもしれぬではござらぬか。そのときは戦に――」

「戦にはなり申さぬ。大坂城に加賀大納言殿が尻を据えておられるかぎり、内府殿も手詰まり。こちらから『お互いに遺恨は忘れましょう』ともちかければ、大いにお喜びのはず」

家中では軽くない立場の広家と恵瓊がやり合うさまを、下段の一同は息を詰めて見守っている。和睦と聞いた上段の輝元は、悔しそうな顔つきだ。

広家がまた歩き出そうとしたとき、恵瓊が、待たれよ、と例の無駄に大きな声を張りあげた。物分かりの悪い坊主めとうんざりして、広家は足を止める。

「ここは矛をおさめましょう、と治部少輔殿を説得するのは貴僧の役目。あの仁とは憎からぬ仲のはずでござろう」

朝鮮で抜け駆けをしたとして広家が譴責されたのも、二人の謀議の結果ではないかと言ってやろうかと思ったが、できるだけ早く引き上げ、横になりたかったのでやめておいた。それでも、恵瓊は真っ赤な顔になっている。

「それから」

広家は輝元に視線を移す。

「ご公儀へ、ご帰国を願い上げられてはいかがでござりまするか。領内のお仕置きがおろそかになってござるゆえ」

諸侯の帰国も、十人衆の許可を得なければならないことになっている。

「なるたけ早いうちに一度、広島へお帰りになられたほうがようござりまする。ご身分柄、なかなか上方をお離れになられぬのはわかり申すが、何卒ご検討のほどを……」

そう言ったのは、ごたごたする京畿にいつまでも輝元を置いておきたくないと思ったからだ。けれども、輝元は広家の心中など少しもわかっていないようで、不審そうにこちらを見守るばかりだった。

「何卒」

もう一度言って、広家は足早に広間を去った。

「度し難いうつけめ」

と罵ったものの、もはや恵瓊も引き止めようとはしなかった。


その後、対立する両者は歩み寄り、二月十二日になって、伏見の家康と大坂の九人とのあいだで起請文が取り交わされることになった。内容は、以前と変わらずに親しくすることや、今後とも太閤の置目に従うことなどを相互に誓うものだ。

さらに、二月二十九日には伏見の家康のもとに利家が、その答礼として三月十一日には大坂の利家のもとに家康がそれぞれ訪問し、豊臣政権下の両重鎮が和解したことを世に見せつけた。

しかしそのころすでに、利家の命数は尽きようとしていた。

三成退隠

一

慶長四年(一五九九)閏《うるう》三月三日、加賀大納言、前田利家は死去した。

豊臣政権下の大名の中で、あらゆる面で筆頭者と目されたのは、言うまでもなく徳川家康であるが、豊臣秀吉は生前、彼を牽制するために、利家をその対抗者に仕立てあげた。たとえば朝廷の官位についても、秀吉は家康の官位を引き上げるたびに、利家もそれに次ぐ地位へと昇進させた。殿中での席次や下賜物などに関しては、家康とほとんど同等に遇して、自分がいかに利家を重く見ているかを他の諸侯に見せつけた。

身罷るに際しては、家康は伏見城にて政務を執り、利家は守役として秀頼とともに大坂城へ入れと遺言した。これもまた、豊臣家の二大拠点とも言うべき大坂と伏見に両雄が別れ、互いににらみ合う体制を敷くためだった。秀吉は利家の人望を見込んで豊臣家と我が子の行く末を託したのである。

ところがその利家が、太閤薨去からわずか八ヶ月足らずで病死したことにより、秀吉の計略もあっけなく崩れてしまった。それまで利家を頼んで家康から距離を置いていた大名の多くが、徳川派になびきかねない事態となったのだった。

翌四日のこと、五奉行の一人にして近江佐和山《おうみさわやま》十九万四千石の領主、石田三成は、眠れぬ夜を過ごしていた。利家の死によって、最も危うい立場に追いつめられた者は、ほかならぬ自分であろうと考えるからだ。いつも使っている枕も、高さがしっくりこないように思え、何度も寝返りを打つ。

朝鮮の役における賞罰をめぐって、加藤清正、福島正則、黒田長政ら、多くの大名たちが、秀吉のそばで大きな権限をふるっていた奉行の三成や増田《ました》長盛を憎んでいた。彼らはこれまでも家康を盟主に担ぎ、三成と長盛を政権の中枢から追いやって、自分たちに下された過去の処分を撤回させようと目論んできた。しかし、利家ににらまれるのを恐れて、積極的に動くことはできないでいたのだ。

だが、世は大きく変わった。

また寝返りを打ち、深い息をついたとき、寝所の外の廊下に足音が湧いたのを聞いた。大兵《だいひょう》の者がこちらへやって来る。

足音は、寝所の襖の外で止まった。声をかけられる前に、三成のほうから言った。

「左近《さこん》か」

「はっ」

三成は体を起こして蒲団の上に座った。

「入るがよい」

きびきびとした挙措で部屋に入り、枕元の灯の光に身をひたしたのは、髪を茶筅《ちゃせん》状に束ね、顎一面に短い鬚を生やした大男であった。島左近清興《きよおき》である。

左近はかつて、畠山《はたけやま》氏や筒井《つつい》氏に仕えた名うての侍大将だったが、一時浪人し、近江国で隠れ暮らしていた。それを、まだ四万二千石の領主に過ぎなかったころの三成が、身代のほぼ半分の二万石をもってようやく召し抱えたという剛の者だ。

「急ぎ、お逃げくだされ」

藪から棒に、左近は言った。

「いずれ、多くの兵がお屋敷に押し寄せてまいりましょう」

それだけ聞いて、三成はおおよその状況がわかった気がした。

「主計どもか」

「御意」

左近はさらに躙り寄り、敵は加藤主計頭清正だけではない、と話し出した。左近が諸方に放っている忍びの報告によれば、清正のほか、福島正則、黒田長政、細川忠興、浅野幸《よし》長《なが》、池田輝政、加藤嘉明《よしあき》の七人が、この石田邸を襲撃しようとしているという。

「愚か者どもめが」

三成は吐き捨てた。利家が死んだ翌日に、このような蛮行に及ぶとは信じがたい。

「まずは、お支度を」

「いや、お掟へのこれほどの違背を前に逃げねばならぬとは口惜しい。ここにて迎え撃つ」

「引くのも兵法のうちでござりまする。まずはここを退き、お味方を募った上で連中に目に物見せてやりましょうぞ」

しかし、屋敷の外に出たところで敵に捕えられはしないかと三成は案じた。

「策があると申すか、左近」

「すでに、佐竹右京大夫《さたけうきょうのだいぶ》殿のもとへ使いを走らせてござる。これより殿を、女人駕籠《にょにんかご》にて備前島《びぜんじま》へお連れ申し上げる」

常陸水戸《ひたちみと》五十四万石の佐竹右京大夫義宣《よしのぶ》は、三成とは親しい仲である。また、大坂城の北を流れる天満川《てんまがわ》の中洲、備前島に屋敷を持つ大老、宇喜多秀家も、十人衆による政治を否定しようとする家康を快く思っていない。この二人ならば、三成の逃亡に協力してくれるだろう。

すなわち、あたかも佐竹家の姫君の行列のように見せかけて、備前宰相、秀家の屋敷に逃げ込めば、加藤清正らの七将も手は出せまいというのが左近の策であった。

「よし、そこもとの申す通りにしよう」

三成は立ち上がり、ただちに出発の支度をはじめた。

二

大坂の石田邸を襲った、いわゆる七将の兵は、翌日、伏見の町へ移動した。

昨夜、女人駕籠に乗った三成の行列は、七将が大坂の町の各所に置いた兵に留められることなく、まんまと備前島に入った。さらにそこから、宇喜多家の手勢に護衛されて、三成は伏見へと逃げたのだった。いま、伏見の石田邸には、ともに七将に狙われている増田右衛門尉長盛も籠っていた。

いっぽう、大坂に三成がいないと気づいた七将は急いで伏見にやって来たものの、石田邸の周囲に布陣する以上のことはできなかった。治部少輔曲輪《くるわ》などと呼ばれるその屋敷は、伏見城の西ノ丸を守る砦になっていたからである。つまり、そこへ実力で襲いかかるとなれば、豊臣家の城である伏見城を攻める格好になってしまうのだ。

しかも、七将の立場が微妙になったのは、三成と長盛が大老の宇喜多秀家らを通じて、自分たちにとっては後ろ盾であるはずの家康に救援を願ったことによる。すなわち、七将の行為は太閤様以来の私闘を禁じる掟に違反するものであって、公儀として処罰しなければならないと訴えたのだ。もちろん七将のほうも徳川邸に使いを馳せ、自分たちの行為は私闘などではなく、あくまでも公儀を慮《おもんぱか》った義挙であると訴えたが、いつもは肩を持ってくれる家康も、今度ばかりははっきりとした態度を示そうとはしなかった。

こうして、石田邸の内と外とでにらみ合いがつづき、事態は膠着するにいたった。

その頃、毛利輝元は伏見の毛利家上屋敷に入っていた。安国寺恵瓊《えけい》の進言を容れてのことである。すなわち恵瓊は、伏見の上屋敷に尻を据えることによって、七将と家康の動きを牽制する姿勢を示すよう輝元にすすめたのだった。

「さて……尼崎《あまがさき》に兵を出せと言われてものう」

一通の書状に目を通していた輝元は、困惑げに言って顔を上げると、西日を受けた付書《つけしょ》院《いん》の窓をまぶしそうに見た。

彼が手にしているのは、三成の参謀、島左近から届けられた文である。左近は輝元に、大坂城を占拠して豊臣秀頼を守護することや、尼崎に毛利家の兵を出し、伏見と大坂との交通を遮断することなどを依頼してきたのだ。そうすれば、毛利の武力によって七将と家康を威嚇できると同時に、秀頼公の名のもとに、三成や長盛を救出し、七将を処罰することも可能だというのだ。

「是非とも、左近殿の言に従われますよう」

と恵瓊は迫ったが、輝元の態度は煮えきらない。

恵瓊とともに周囲にいる毛利の家臣たちも、出兵など軽率な、まだその時期ではござらぬ、と反対の声をあげた。誰もが徳川派との武力衝突を恐れているのだ。

「方々、治部少輔殿、右衛門尉殿を討たせてよいと申されるか」

焦る恵瓊は、いつもの大声で反対する者たちを黙らせた。

豊臣家の奉行衆と結んで秀頼を擁し、家康を追い落として、もって毛利に天下を取らせるという夢を、恵瓊は抱いてきた。しかしここで、家康を慕う七将によって三成と長盛とが討たれてしまえば、夢ははかなく破れることになる。

「加賀大納言殿亡きいま、十人衆より治部少輔殿、右衛門尉殿までが外れるとなれば、天下は内府めの思いのまま。内府はこの七人の奸賊《かんぞく》どもを駆って、中国へ攻めてまいるやもしれませぬぞ」

「そうか……そうさせてはならぬの」

それまで迷っていた輝元の目つきが、力強いものに変わった。

だが直後に、また重臣の一人が反対した。兵が足らぬ、と言うのである。大坂や伏見に置いてある兵をかき集めても、家康と七将に対抗できるほどの数にはならなかった。

「上様」

恵瓊が強く促すように呼びかけると、輝元は渋面になった。

「蔵人頭か……」

「御意。ここは何としても出雲侍従殿に動いていただかなければなりませぬ」

広家はいま、輝元の居城である安芸広島城にいた。大老として上方に留まる輝元に代わり、毛利領の仕置きに当たっているのだ。

先代の元春以来、吉川家の当主は毛利家の兵権を握っている。ゆえに、この広家を説得しなければ、輝元といえども大規模な軍事行動は起こせなかった。実際、一月の騒動のときには、広家が兵を出すことを拒絶したため、家康に鉄槌《てっつい》を下せなかったと思って、輝元も恵瓊も悔しがっている。

「こたびは出雲殿に、もし上様の御命に従わねば、厳しき処分も辞さぬと仰せ渡しくださりませ」

恵瓊がそう言上したのは、輝元の命令のもと、広家がただちに中国から兵を率いて来れば、元春や小早川隆景が輝元を補佐していた時代とは家風が変化したことを家中の者に印象づけられると思ったからでもある。つまりいまや、毛利家の全権は当主たる輝元が握っていることを、みなにしっかり認識してもらわなければならないのだ。

輝元はすっかり覚悟を固めたようで、目尻をつり上げた。

「ただちに早馬を広島にやれ。蔵人め、また余の命に背けば、こたびは許さぬ」

それから、さらに命じた。

「急ぎ、大坂城へ人数をつかわせ。ご幼君をご守護仕るのだ」

いよいよ、本格的な勝負がはじまる。そう思って、恵瓊は勇んだ。

だが翌日、秀頼守護の名目で大坂城へ派遣された毛利家の者たちは、本丸へ入ることを拒否された。いや、毛利家の者だけではない。城番の小出秀政《こいでひでまさ》や片桐且元《かたぎりかつもと》が、家康や七将に対して批判的な大名やその家臣の登城を差し止める挙に出たのだ。

実は、無二の家康贔屓《びいき》で知られる藤堂高虎が、秀頼周辺の有力者に働きかけていた。つまり、秀頼はすでに徳川派の手中におさめられていたわけである。

三

家康が私的な婚約を結んだことに端を発する騒動が落着したあと、広家はまずは自領の出雲富田に入った。そこで一仕事を終えてから、毛利家が支配する民草の暮らしや、領内の山々などを視察しつつ安芸広島に向かった。その間、新田を開拓できそうな土地や、治水工事を行うべき場所などについて家臣らと討議するのはなかなかに楽しかった。

広島城に入ってからは、書類の山に埋もれるように暮らしている。村々の取れ高や戸数などを調べた書きつけを自室のいたるところに積み上げて、読み込んでいるのだ。

領地を家臣らにどう分配するか、あるいは村ごとの助郷《すけごう》などの義務をどう定めるかを決めるためには、領内の事情をよく知らなければならない。また、山間に分散して暮らす人々を集住させ、生産の合理化を進める上でも、書類を熟読することが不可欠だった。

暖かくなってきたこともあり、袴も着けず、ごろごろと横になって読みふけっている。腹が減ると湯漬けを持たせ、胡座をかいてずるずるとすすりながらも、なおも書類を手放さなかった。周囲に行儀が悪いと諫められてもおかまいなしである。

そして、暗くなって疲れると読むのをやめ、酒を飲んだ。酔えば必ず、藤谷伊知介を呼びつける。

その夜も召しに応じて、部屋の外の板廊下に伊知介はやって来た。

「おう来たか。入れ」

「いえ、それがしはここにて」

「しつこい男だ。いいから、そばへ来よ」

いくら命じても、伊知介はいつも恐れ多いと言って敷居を跨ごうとはしなかった。

「しつこいのは殿のほうにござりまする。お話は、ここにて承りまする」

「俺の命が聞けぬと申すか」

いつもより量を過ごしていた広家は、荒い口調になった。ところが、伊知介は頑として動かない。

「殿であらせられるからといって、何でもお命じになってよいわけではございませぬ。主従の筋目と申すものがござりまするゆえ」

「なんだと……」

広家はちょうどそのとき、運ばれてきたばかりの、熱々の汁をすすっていた。山鳩の肉の入ったものである。その椀と箸を手にして立ち上がると、伊知介のもとへ歩いていった。敷居をはさんで胡座をかき、漬物石のような体軀に、あばたどらけの顔をした伊知介をにらみつける。

この男は上方で二人の妻を持っている上に、どうやら富田城下にも妻がいるらしい。このような不細工な男がなぜこれほど女に好かれるのかと思うとますます憎たらしくなってきて、広家は椀の汁を、箸の先ではね飛ばした。汁は伊知介の顔にひっかかる。

「熱いっ。何をなさいます」

伊知介は目をしばたたかせ、掌で顔を拭った。その姿が蝦蟇《がま》のようで、広家は笑った。さらに二度、三度と汁を飛ばす。

「お、おやめください……そのようなお行儀、吉川の殿にはふさわしくありませぬ」

さかんにまばたきをし、顔を拭いながら文句を言うものの、伊知介は逃げ出そうとはしない。じっと熱い滴《しずく》を顔に受けつづけている。それがまたたまらなくおかしい。

広家はますます汁を飛ばしてやりながら、次の天下をにらんで諸侯同士が反目する、きな臭い上方から離れ、輝元や恵瓊に文句を言われることもないこの暮らしの、何と楽しいことかと思った。

ところがその楽しい気分も、一瞬で吹き飛んだ。家臣の一人が駆けてきて、

「早馬にございます」

と告げたからである。

何事かと思いつつ、急いで表の書院に出てみると、生きているのかどうかを疑いたくなるほどに憔悴しきった男が、両側から支えられるようにして下段の中央に据えられていた。上方でよほどの大事が出来したため、換え馬を乗り継ぎ、不眠不休で駆けつけたのだろう。

「急ぎ、上様をお救いくださりませ」

使者は喘ぐように言って懐《ふところ》から一通の書状を取り出すや、泡を吹いて失神した。左右の者がゆすぶっても、ぐったりしたまま動かない。

書状を受け取り、ひろげた広家は愕然となった。

「上様が、兵を率いて助けに参れと仰せられておる」

広家から書状を受け取り、回し読みをする毛利家や吉川家の家臣たちも、一様に色を失った。

書状には、加藤清正、福島正則、黒田長政らの七人の武将に追いつめられた石田三成や増田長盛が、輝元と上杉景勝に救援を依頼したため、毛利家はこの七将や家康とにらみ合

うにいたったと記されていた。そしてこのまま戦になれば、上方在番の者だけではとても太刀打ちできないとも。

「何が『上様ご下命に背き奉れば罪科に処すべく候』だ、阿呆め。なにゆえに、そう戦をしたがるのかわからぬ。治部少輔などと心中してどうするのだ」

居丈高な文面に広家は悪態をついたが、しかし、年初のときと、利家が死んだいまでは事態はまるで違うこともわかっていた。家康も、彼を盟主と頼む諸将も、もはや何の躊躇《ためらい》もなく憎き奉行どもを屠《ほふ》ろうとするだろう。そしてそのとき、輝元が恵瓊の言に従って三成たちを擁護する動きに出れば、毛利は本当に戦に巻き込まれることになる。

「まったく世話の焼ける上様よ」

ため息交じりに言ったとき、亡き隆景に見つめられているような気分になった。

中原で乱が起きれば輝元を広島城から出すなと隆景は遺言した。確かに輝元が広島にいれば、京畿でいくら争いが起きても、国境の守りを固めてじっとしていれば安心だ。いまの毛利の封土は、隆景の生前の隠居料分を含めて百二十万石ほどになっているが、次の天下が誰のものになろうとそれはそっくり保たれるだろう。だが現在、輝元は上方に留まっている。輝元が三成らとともに徳川派の軍勢に捕えられ、斬られる可能性も十分にあるのだ。そうなれば、毛利は滅びるしかない。

もう一度ため息をつくと、広家は覚悟を決めて命じた。

「触れを出せ。出陣の支度をいたすのだ」

本当は、兵など動かしたくはなかった。中央の政争にはかかわりたくなかったし、謀略好きの恵瓊や、恵瓊に踊らされた輝元の尻拭いなどしたくもなかった。けれども、事ここにいたれば、軍事力をもって徳川派を牽制しつつ、輝元の身柄を確保して広島へ引き上げるよりほかはあるまい。

そばにいた者どもは、広家の命を受けるや立ち上がり、駆け出した。広家自身も書院から廊下に出る。

「伊知介はおるか。出陣だ」

叫びかけると、廊下の端に座る、漬物石のような体を見つけた。

「心得て候」

伊知介の声は、お家の一大事に緊張しているようでもあるが、どことなく広家が出陣を決意したことを喜んでいるようでもあった。

四

宇治川の南なる、向島《むかいじま》の伏見徳川邸は沸き返っている。

はからずも、加藤清正らの七将が三成や長盛を追いつめてくれた上、秀頼を掌のうちにおさめることにも成功したからである。ここで三成や長盛らの奉行衆を秀頼の名のもとに処罰できれば、うるさい連中を政権から追いやれるばかりか、七将たちはますます家康に信頼を寄せることになるだろう。

これは徳川家中にとっては願ってもない状況である。前田利家亡きあと、反徳川の旗印として三成らが頼ってきた毛利輝元や上杉景勝を、七将と徳川家の軍事力をもって圧倒することも可能だからだ。利家のあとを継いだ利長《としなが》の人望は当然のことながら父には及ばないし、宇喜多秀家も二十八歳の若さに過ぎないとなれば、天下の仕置きに十人衆の合議などはいらなくなるだろう。すなわち、家康の胸ひとつですむことになるわけだ。

「恐れながら殿、ここはお腹を固められるべきかと存じまする」

家康の前に居並ぶ家臣らのうち、鼻が大きく、長い顎鬚を垂らした男が、にたりと笑いながら迫った。徳川軍団の中核を占める部将、本多中務大輔忠勝だった。ここで一挙に動き、天下の覇権を握るべきだということだ。

傍らでは、謀臣の本多佐渡守正信《さどのかみまさのぶ》が火鉢で餅を焼いていた。その香ばしい匂いを嗅ぎながら、家康は、うむ、とあいまいな返事をした。

「毛利も上杉も、ほとんどの兵は国元に留めてござる。恐るるには足りませぬ」

忠勝は家康になおも迫る。

「うむ」

家康自身も、好機が転がり込んできたのかもしれないとは思っている。だが、いささか心に引っかかりをおぼえるのは、やはり今度の七将の挙が、三成らも訴え出ているように、あからさまに掟に違反した曲事であるということだ。

以前に家康もわざと掟に背き、私的に他の大名家と婚約を結んだが、そのときは政権を動揺させるべく挑発行為に及んだまでで、即座に天下を奪おうなどとは考えていなかった。しかし、いざ天下を狙うとなると慎重にならざるを得ない。

もちろん、当世は聖人による政《まつりごと》が行われているわけではなく、力が物を言う。曲事に同調して動いたとしても、圧倒的な武力さえあれば、正論をまくしたてて反抗する者など打ち倒し、徳川の御世を開けるかもしれない。だがその場合には、政権奪取の過程でささいなしくじりも許されないのだ。もし少しでも敵対する者の制圧に手間取ったりすれば、たちまちに非難や不満をあらわにする者があちらこちらにあらわれて、収拾がつかなくなる可能性がある。

「何か、ご懸念でもござりまするか」

考え込む家康に、正信が金網の上で餅を転がしながら問うた。この眉と頬の秀でた鷹《たか》匠《じょう》上がりの男は、家康がようやく駿河の今川《いまがわ》氏の支配を脱し、織田信長の同盟者となったころに、一向一揆《いっこういっき》に与《くみ》して主君に弓を引いたという過去をもつ。けれども後に帰参するや、鷹狩り好きの主君とは密々に語り合う仲となり、いまや家康が最も信頼する参謀の地位を得ていた。

「急ぎ過ぎではないかと思うての」

家康の言葉に、正信は、ごもっとも、と応じておきながら、こうつづけた。

「されど、餅は熱いうちに喰わねば固くなり申す」

正信は焼き立ての餅を小皿に移すと、三河《みかわ》風の味噌を塗り付けた。

「うむ」

はっきりしない返事をしながら皿と箸を受け取ると、家康は餅にかぶりついた。旨かった。味噌の塩気の強さといい、鼻へと抜ける豆の香りといい、何とも言えない。こう喰ってばかりいるから肥えるのだと思いながらも、みずから正信に皿を差し出して二つ目を要求し、また平らげた。

そこへ、急《せ》いた様子であらわれた者があった。面長《おもなが》の、浅黒い肌をしたその男は、井伊兵部少輔直政だ。

「面倒が出来いたし申した」

直政は、具足や旗指物《はたさしもの》を赤一色に統一した赤備《あかぞなえ》の軍勢を率い、ほとんどつねに徳川軍団の先鋒をつとめる男である。その命知らずの猛将が、少し青ざめているかに見えた。

「毛利の軍勢が、急ぎ東上中とのこと」

室内の空気が張りつめた。直政はさらに言う。

「出雲侍従が腰を上げ申した」

「まさかな……」

餅を転がす手を止めて、正信がつぶやいた。家康にとっても、驚くべきことであった。

以前に家康と他の大老や奉行たちとのあいだで対立が起きたとき、毛利は積極的には兵を出さなかった。吉川広家が出兵に反対したと聞いている。そのため、徳川家中は毛利家を見くびっていた。

「こちらとしても望むところではござりませぬか。毛利をここで一挙に討ち果たせば、もはや殿の天下は決まったようなもの」

忠勝は勇ましく言ったが、佐渡守正信が箸を持った手を振る。

「待て、待て。不覚を取れば一大事」

「佐渡守殿の申される通りにござる」

直政も忠勝に反対した。

「出雲侍従は侮れませぬ。かの仁の朝鮮での活躍はなかなかのもの」

だが、忠勝はますます息巻く。

「戦う前に恐れていかがする。いかに毛利の兵が参ろうと、我らのほうが大勢。分はこちらに――」

「そう慌てずともよい」

忠勝の言葉を遮ったのは、家康自身だった。

確かに、二百五十余万石の身代を持つ徳川が七将とともに立てば、毛利勢に対しても圧倒的に有利だ。絶えず結束を保ちつつ徹底的に戦えば、最後は勝利を得られるだろう。けれども、しっかりとした戦闘準備が整わないうちに緒戦でしくじる恐れは十分にある。

親徳川を標榜する七将のうちの誰かの軍勢が、広家が率いてきた軍勢と衝突して少しでも不覚を取れば、世間は「徳川殿が毛利殿に敗れた」と見かねない。そしてそうなれば、もともと七将の挙兵が曲事である以上、家康の声望はひどく落ちることを覚悟しなければならないし、その後の戦いも、なかなか厄介なものになるかもしれない。

家康は忠勝ばかりか、目の前の家臣たちみなを戒めるように言った。

「焦ってはならぬぞ。いずれ、戦うべきときは来る」

それからしばらく考え込んで、家康は付け足した。

「扱いを、増田右衛門尉に頼むのがよかろう」

みな、茫然《ぼうぜん》と家康の顔を見た。

扱いとは、第三者に斡旋《あっせん》を請うて、敵対者と和議交渉を行うことだ。だが、毛利に頼ってこちらに対抗しようとする増田右衛門尉長盛は当の敵対者である。家臣たちは、なぜその長盛が、和議の斡旋者になりうるのかと不思議がっているようだ。

「あれは、治部少輔とはもちろん、会津中納言（上杉景勝）とも親しい」

「なるほど、よいところへ目をつけられた。さっそくに」

声をあげて立ち上がったのは、正信であった。まだ眉根を寄せ、首を傾げる他の者をよそに、足早に退出してしまった。

居残る家臣たちは、どういうことかと問う視線を向けてきたが、家康は腕を組んで目をつぶった。

吉川広家という男のせいで、俺の天下は遠のいたのかもしれぬ……。

家康の胸には、いささかの悔しさとともに、そのような思いが湧いていた。

五

その朝、石田邸内にともに籠る増田長盛が自分の居室にやって来たとき、石田三成は瞬間的につねとは違う印象を抱いた。

長盛はすでに五十五歳になり、三成より十五も上なのだが、年を取ることによる重みがたたずまいや挙措にそなわらない性分のようで、いつもどことなくおどおどとして見えた。とくに七人の奸賊に襲われ、この屋敷に逃げ込んでからは、目も当てられないほどにうろたえ、三成もそれを宥めるのに苦労してきた。ところが、いま目の前にいる長盛はやけに落ち着いているのだ。

やがて長盛は、深々と頭を下げて切り出した。

「天下のため、お家のため、腹をお決めいただきたい」

三成も、傍らにいた島左近も真意を摑めずにいると、長盛はさらにつづけた。

「佐和山へ退き、逼塞していただきたい」

三成は信じられなかった。

加藤清正らの奸賊どもの蛮行を許せば、天下の仕置きなど成り立たない。よって、必ずや戦い抜こうと長盛とは誓い合ってきたのではないか。それが、佐和山へ逃げ出せとはいかなることだろうか。

長盛は顔を伏せたまま力説する。

「ご安堵なされよ。ご家督はそっくり、ご子息、隼人正《はやとのしょう》（重家《しげいえ》）殿へ仰せ付けられる。無論、理不尽との思いはわかり申すが」

「ならば――」

「されど、このままでは七将どもを抑えることはできぬと、内府殿が申してまいったのでござる」

「馬鹿な。それを何としても抑えるのが内府のつとめではないか。要するに内府も、あの七人とともに我らを屠ろうとしているのだ」

「そうではござらぬ。ここはひとまず退隠せよと内府殿が申されるのは、我らの命を助けるため」

「右衛門尉殿、いつもながら気苦労が過ぎまするぞ」

三成は笑い声をあげた。

「安芸中納言（輝元）殿より、これなる左近のもとへ知らせが参ってござる。やがて、出雲侍従殿が兵を率いてここもとへ参られると。また、会津中納言殿とて馳走《ちそう》くだされましょうぞ。やがては内府も、あの愚かな七人の処罰に同意せねばならなくなる」

笑われたことが気に入らなかったのか、むっとした顔つきになった長盛に、三成は説く。

「諸事、十人衆にて合議せよとは太閤殿下のご遺命でありまするぞ。向こうが弓矢に訴えてまでご遺命に背くとあれば、我らも断じて迎え撃たねばなりますまい」

「戦になれば、それこそお家の一大事。泉下の太閤殿下がお喜びになるものか。治部少輔殿、ここは一つ、堪えてくだされよ」

「貴殿とそれがしが上方を去れば、不法がまかり通ることになるのですぞ。それこそお家の一大事」

強く言い返したとき、長盛は表情を曇らせた。何やら言いにくいことを腹に抱えているような顔つきである。

「実はの……退隠するのは貴殿お一人でよいのだ」

当惑して、三成は長盛の顔をまじまじと見つめてしまった。長盛は視線を逸らしたまま言った。

「それがしは、引きつづき奉行職に留まる。その条件であれば、あの七人を抑えられると内府殿は申されている」

裏切られた、と三成は気づいた。

こちらに何の通達もなく、長盛は家康と秘密の交渉をもっていたのだろう。そして、三成を犠牲にすれば自分は助かるという線で事態が収拾しそうだと知るや、三成に佐和山へ退去するよう迫るにいたったというわけだ。

「卑怯者め。それでも武士か。恥を知れ」

頭に血が上った三成は、声を荒らげた。

「さような無礼を申されるいわれはない」

長盛もまた、感情的になって言い返す。

「これが貴殿のためということがおわかりにならぬか。無益な争いによって命を失ってもつまらぬではないか。一度は面目《めんもく》を失うようでも、生きていられればまた舞い戻る日があるやもしれぬ」

「おのれ可愛さに味方を見捨てるとは、見下げ果てた男」

「貴殿がさほどのわからず屋とは思わなんだ」

長盛は立ち上がり、荒々しく畳を踏んで部屋を出てしまった。

怒りをぶつけるべき相手がいなくなると、腹中の怒りがますます高じ、三成はいても立ってもいられない気分になった。膝をもぞもぞと動かし、やがて、

「えい」

と叫んで立ち上がった。さらに、その場でうろうろしはじめる。

「あのような二心者は、この場で斬り捨ててしまえばよかった」

「殿……」

左近に声をかけられて、三成はようやく足を止めた。

「かりにも十人衆に御名を連ねられるお方に、卑怯者などという罵声を浴びせられるのはいかがなものでござりましょうや」

左近はいつも、主君の三成に対して臆することなく諫言する。もちろん、左近は三成の最も信頼する男だが、ときにそのふてぶてしい態度が憎くて仕方がなくなることがある。

「あのような卑怯者に卑怯者と言ってやって何が悪い」

このときもかっとなって、三成は怒鳴りつけた。

「あのお方は、数少ない殿のお味方でござった」

落ち着き払って、左近はそう応じた。こちらが感情的になっているときに、かえって物静かな態度に出るからこそ、この男は腹立たしいのだ。

「味方が、なぜわしを売ろうとする」

「人の足らざるところや、気に入らぬところには少々目をつぶり、多くの者を同朋として容れざれば、大きな勝負には勝てませぬぞ」

「さようなことは言われずともわかっておる」

「殿は、七人の奸賊どもや内府殿に嫌われてござる。同じく、右衛門尉殿も嫌われてござる。敵の敵は、無理をしてでもお味方にせずしていかがなされます」

三成はまた、うろうろと歩き出した。

「あの者は敵になろうが、味方になろうが物の数ではない。わしに佐和山へ退けなどと申す男だ」

「佐和山へは参られたほうがよろしいかと存じまする」

驚いて、三成はまたぴたりと足を止めた。左近は真顔である。

「そこもとまで、わしに尻尾を巻いて逃げよと申すのか」

若きころにずいぶん無理をして左近を高禄で召し抱えたのは、軍師として大いに役立つ日が来ると思ったからではないか。その左近に戦わずして逃げよなどと言われること以上に情けないことはない。

ところが左近は、静かな微笑を浮かべて、ゆったりとかぶりを振る。

「逃げるのではござりませぬ。勝ちを得べく、いったん引くのでござる。以前にも申しました。ただ攻めるばかりでなく、ときに引くことも兵法のうち。ここで殿が賊どもの手にかかられては、拙者とて、せっかく殿にお仕え申した甲斐がございませぬ。やがて参る大勝負にそなえられ、御身ご大切になされてこそ、まことのもののふにございまする」

「佐和山へ引きこもっているあいだに、内府らがどのような沙汰を下してまいるやもわからぬぞ。あるいは佐和山の城も近江の領地も召し上げということに……」

「そうはさせませぬ」

左近は笑いを消した。細めた瞳が、鋭い光を帯びている。

「近江におりながら、内府殿を抑える策を講じまする。それには、会津中納言殿、安芸中納言殿とのお仲はご昵懇《じっこん》に保たねばなりませぬぞ。とりわけ、安芸殿のもとの安国寺恵瓊殿は頼りになる仁かと存じまする」

三成はしばらく考えた後、言った。

「よし、そこもとの申す通りにしてやろう。わしは佐和山へ退く」

左近はぎらりとした笑顔を浮かべた。

「ただちに、内府殿のもとへ申しやりまする。殿をご警固仕る兵を出せ、と」

なるほど、と三成は思った。徳川家の手勢に守られて近江に帰るのであれば、道中、七将に襲われることもないだろう。

「よし、そうせい」

命じたのち、三成はおのれにこう言い聞かせた。

敵はこちらを滅ぼそうとしているが、決してそうはさせぬ。俺は必ずや舞い戻り、家康を討つ、と。

六

広家は、朝鮮で加藤清正にもらった紅の婆々羅の馬印を掲げ、毛利の兵を率いて夜《よ》を日に継いで伏見を目指した。

馬を走らせながら、ひょっとすると清正や、また朝鮮の地で親しく語り合った黒田長政らの軍勢と衝突することになるかもしれないと思った。しかし、輝元の身柄を確保するためにはそれも仕方があるまいと腹を括る。

ところが、摂津国西宮《せっつのくににしのみや》にいたったとき、伏見の毛利邸から使いが来て、三成が退隠に同意したと知らせた。実際、閏三月十日には、家康次男、結城秀康《ゆうきひでやす》に護衛されて、三成は佐和山へ去ってしまったのだ。つまり、広家が伏見に到着したときには、戦の危機は回避されていたわけである。

伏見の毛利邸に入ったとき、行軍の疲れと、安堵したのが重なって、広家は足がふらつくのをおぼえた。それでも上機嫌で、出迎えた上方在番の者たちに、祝着、祝着、と声をかけながら、小具足に陣羽織の軍装のまま御殿の奥へ進んだ。

輝元のもとへ向かう途中、恵瓊の詰めの間に顔を出してみると、恵瓊は腑抜けたような顔でじっと虚空を見ていた。対座しても、ろくに挨拶もしない。

「長老殿よ、何かご不満でもござるのか……まさか、それがしが遅参したと怒っておられるのではあるまいな。これ以上、早く参ることなどできるものか。もう、それがしも、みなもへとへとぞ」

「存じてござる」

あらぬ方を見たまま、恵瓊は消え入るような声で応じた。

「では、何が不服なのでござる」

「上杉に裏切られ申した。ゆえに、治部少輔殿をお守り仕れなんだ」

その話も、広家は西宮で聞いていた。

当初、三成を佐和山へ追いやることで事をおさめるという家康の提案に、上杉景勝は輝元とともに反対していた。三成を助け、七将どもに厳罰を加えよと主張していたのだ。ところが、毛利側には詳しい説明もなく、裁定を家康に一任するという立場ににわかに転じてしまったという。

「さしずめ、増田右衛門尉の口利きでござろうよ。あれも愚かな男だ」

恵瓊は憎々しげに言った。

上杉景勝が豊臣家に臣従した直後から、右衛門尉長盛は三成とともに上杉家の取次役をつとめていた。すなわち、上杉家が豊臣政権に願いごとをしたり、あるいは政権が上杉家へ命令を下す際に、長盛はその主な窓口をつとめていたのだ。よって、景勝のにわかな変節の背後に、上杉家中に強い人脈を持つ長盛の影響があったと考えてもおかしくはない。そして景勝のほうも、このまま家康や七将と対決するより、長盛の提案に乗ったほうが得だと判断したのだろう。

「いまさら、さような恨み言を申しても詮なきこと。上様の御身に大事なくて、まずは祝着」

「祝着、でござろうか……七人の奸賊どもは、公儀のご沙汰が気に入らぬと申して私兵をあげ、畏くも太閤殿下のご遺命に基づく十人衆のうち、ご一人を排除したのでござるぞ」

それほど深刻に受け止めるべきことでもないと、広家はかわいた笑いを立ててみせた。

「これも治部殿の不徳のいたすところ。重きお立場には不相応に我意が強すぎたゆえの不面目よ」

「貴公は加藤主計や黒田甲斐らの奸賊どもと親しきゆえ、さようなことを申される。それを世に我意と申すのでござる」

恵瓊は一度、挑むような目を向けてきたが、すぐに視線を逸らした。広家もさすがにむかっときた。

「いくらその剃り上げた頭に血をのぼらせたとて、徳川殿に太刀打ちする力が我らにないのだからいたしかたあるまい」

「大坂城のご幼君を押えられたのが、我らの不覚」

広家の背筋が冷えた。この坊主は、先んじて秀頼を手中にしていたなら、家康に対抗できたと本気で考えているのだろうか。「恵瓊は毛利を滅ぼす元凶となりかねぬ」と訴えた隆景の姿が目に浮かぶ。

広家の脳裏に、自分でも驚くほど下卑た考えがよぎった。すなわち、いまのうちに恵瓊を斬ってしまったほうがよいのではないか、と思ったのだ。

いや恵瓊だけではない。目下、自分の手元には毛利の軍勢がある。それをもって伊予六万石の恵瓊の屋敷を襲い、主立った家臣どもにいたるまで血祭りにあげてしまうべきではなかろうか。

だがすぐに、その思いを広家は追い払った。

いま、毛利家中で殺し合いなどをすれば、それこそ家康につけ入る隙を与えることになる。徳川の天下をつくるためには毛利の力を削いでおいたほうがよいと家康が思えば、三成のいなくなった大老と奉行の会議において、もともと親しい浅野長政や、新たに味方に引き入れた上杉景勝、増田長盛の協力を得て、毛利を処罰する決定を下すべく動くかもしれないではないか。

しかもそもそも、非道な謀殺を繰り返して宏大な版図《はんと》を築いた一族のやり方に、自分は反発してきたのではなかったか。結局、同じ血なまぐさい手を考えた自分を、広家は嫌悪し、恥じた。

これ以上、恵瓊と話していてもしかたがないと思い、広家は立った。輝元の御座の間へと向かう。

悔し泣きをしていたのであろうか、輝元は目のまわりを真っ赤に腫らしていた。はじめからある程度、予想していたことではあるが、思った以上に恵瓊に毒されているようだと広家は嘆じた。

「いろいろとご不満もござりましょうが、上様は重きお立場。天下静謐のため、ますますお働きいただかねばなりませぬぞ」

元気づけるように言うと、輝元はうるさそうに顔をしかめつつ、うなずいた。

「堪えがたきことも堪えていただかねばなりませぬ」

「そなたに言われずとも、わかっておる。だからこそ、治部少輔殿に対するこたびの処分についても内府めにまかせたのではないか」

「ご英断、この蔵人頭も感服仕ってござる」

広家は恭しく頭を下げて言った。ずいぶん持ち上げてやらなければ、この馬鹿とはまともに話ができないと思ってのことである。

「ご英断ついで、とでも申しましょうか……ここはよりいっそう、ご和睦の誠を内外にお示しになられてこそ、盤石の太平の世をひらけるものと存じまする」

「どういうことだ」

「内府殿と起請文をお取り交わしくださりませ」

顔を上げて見れば、輝元が眉をひそめていた。

「起請文など、この二月にも書いたわい。あんなもの、いくら認《したた》めても同じこと」

「こたびはまた別でござる。内府殿を親兄弟のごとき御方《おんかた》としてご信頼あそばされる旨をお誓いいただきたく」

「よくも、さような阿呆を申せたものだ」

憤怒《ふんぬ》の形相になって、輝元は言った。

「余がどれほど悔しい思いでいるかも知らず……誰が内府などを親兄弟と思うものか」

「文面はこちらでご用意いたしまする。ただご花押《かおう》をいただければすむまでのこと」

輝元は手にしていた扇を投げつけてきた。広家は上体を振ってよけたが、直後に、額で受けてやればよかったと後悔した。輝元がますます激高し、立ち上がったからである。さらに、太刀持ちの小姓に足早に近づく。

「刀を寄越せ。このうつけを成敗してくれる」

近習らがいっせいに立ち上がり、輝元のそばへ駆け寄った。手を広げて広家の前に立ちふさがり、「上様、なりませぬ」、「ご勘弁《かんべん》を」と諫めようとする。

起請文の話を持ち出すのは、輝元がもう少し落ち着いてからでもよかった。そう広家は思ったが、ときすでに遅い。

「えい、よいから刀を寄越せと申すに。蔵人の素っ首、刎《は》ねいでか」

輝元がいくら命じても、小姓は刀を渡そうとしない。刀を抱えたまま上段をおり、手を広げた近習たちの背後に隠れてしまった。

「主命が聞けぬか。それならば、そちたちも斬らねばならぬ」

小姓を追いかける輝元と、それを押しとどめようとする家臣たちが、あちこちへ動きまわる。

それを、座ったまま見守っていた広家は、大きなくしゃみをした。左の袂《たもと》で口元を覆い、右の袂を振りながら言う。

「そうばたばたなさるな。埃が立ってたまりませぬわ」

「ほざけ、蔵人。よくも、家康めを親兄弟同然などと——」

「これも軍略のうちと思し召されませ。亡き加賀大納言殿も、いったんご和睦となれば、それまでにらみ合うていた内府殿のもとにわざわざ出向かれ、また内府殿をお屋敷に迎えられて、手厚くもてなされたではござりませぬか。なにゆえに同じことが、賢明なる上様にはおできになりませぬ」

「うるさい。黙れ」

輝元は大勢に手足を摑まれ、身動きが取れなくなりながら、叫んだ。

そのとき、太刀持ちの小姓が広家のそばに膝を折り、耳元で懇願した。

「ここはひとまず、お引き取りくださりませ。お願いでござりまする」

「そうしよう」

広家は立ち上がると、また、つづけて三度くしゃみをした。そうして鼻水をすすりながら、わめきつづける輝元を残して書院をあとにした。

七

三成が佐和山に追いやられてから十日あまりたって、広家は伏見城にのぼった。

櫓や殿舎の甍《いらか》が幾重《いくえ》にも連なるさまや、贅《ぜい》を尽した御殿の内装、さらには折り目正しい奏者たちの挙措などは太閤在世当時と変わらない。しかし、ただ一つ変わっているのは、かつて秀吉が座っていた書院の上段に、内大臣、徳川家康がついていることであった。

家康は向島の屋敷から、伏見城内に居を移した。もちろん、家康はこれまでも大老として伏見城に通い、政務に当たっていたが、三成の一件ののち、例の七将をはじめとする多くの大名たちのすすめもあって、この「天下人の城」の住人となったのだった。

「蔚山《うるさん》表の勇者が参られたのう」

家康はにこやかに、広家に語りかけた。

伏見城へ居を移すようすすめてくれた七将に報いるかのように、家康はただちに三成以外の大老と奉行を召集し、蔚山城救援戦に参加した諸将への処分の見直しにあたった。その結果、譴責処分を受けた者は名誉を回復し、また、減封処分を受けた者には旧領が返されることに決した。隆景の後嗣となった小早川秀秋も筑前名島城に復帰することになったし、抜け駆けを行ったとする広家への譴責もまた取り消された。

「いや、出雲侍従殿はまことにご父君ゆずりの名誉の武将」

「忝きお言葉……」

などと広家は言って、表向きは感激した態度を示した。けれども、家康はこちらを褒めているようで、実はおのれの功績を恩着せがましく強調しているに過ぎないと思い、心中では白けている。

「遅まきながら、蔚山表における貴殿の武功、それがしも感服仕ってござる」

広家の右斜め前に座る男もまた、家康に追従《ついしょう》するように言った。増田長盛である。

蔚山の戦いにおいて、身命を賭して戦った者たちを讒言によって陥れたのは、三成と長盛ではないか。それなのに、よくもしゃあしゃあとこのようなことが言えたものだ、と広家はあきれたが、当の長盛は、臆面もない笑顔を上段にも下段にも振りまいている。

広家はますます白けた気分になりながら、背後に控える従者に目で合図を送った。従者は膝行《しっこう》し、三方《さんぽう》を広家の前に置いた。それを今度は長盛が進み出て取り上げ、上段の家康のもとへと運んだ。

三方の上にのっているのは、熊野牛王神符《くまのごおうしんぷ》であった。その裏に、「秀頼様に対し疎略なく忠節を尽すべく、輝元は今後どのようなことが起きようとも家康殿とは表裏なく、親に対するごとくに付き合う」といった内容の起請文が記されていた。

「それは本物の、安芸中納言殿のご花押でござりまするぞ。いささか震え、にじんでおりまするが」

広家はにやついて言った。花押を認めたときの輝元の姿を思い浮かべたからだ。

輝元は当初、家康に起請文を提出することを強く拒んだ。あまりに頑固に抵抗するものだから、一時は右筆《ゆうひつ》に花押を写し取らせ、起請文を偽造することすら広家は考えた。けれども、恵瓊までもが「お家のためには、ここは起請文を書いておいたほうがよろしゅうございましょう」と強く諫めたため、輝元はしぶしぶ承知するにいたったのだ。

だが、いざ筆をとる段になるや、輝元は怒りと悔しさのあまりにぶるぶる震え出し、花押の線は揺らいだ。また、さかんに涙と鼻水を垂らしたせいで、誓いの文言のあちこちが滲んでしまっている。

家康は文面を確認し終えると、広家の左斜め前、すなわち長盛とは反対側に座る男へ差し出した。徳川家中の本多正信であった。

膝行して起請文を受け取り、またもとの位置へ戻ると、正信は難しい顔で文面をじろじろ見まわした。やがて顔を上げると、まるで科人《とがにん》に詰問するような口調で言った。

「これは、毛利ご家中の総意と受け止めてよろしゅうござるか」

広家はかちんときた。

そもそもが、正信など陪臣ではないか。すなわち、家康も広家も豊臣家の家臣だが、正信はそのまた家臣に過ぎないのだ。いかに今度の事件の処理によって家康の威望が大いにあがったとはいえ、陪臣風情がまるで公儀の奉行のような顔をして列座するのすら僭越《せんえつ》である。ましてや、輝元が認めた起請文の内容について、面と向かい、堂々と疑いを口にするとは何事かと思った。

「何か不足があると申されるか」

「安国寺殿は治部少輔殿とご昵懇との噂ゆえ、いささか気掛かりでござっての。しかも貴殿は、わずかな日数で兵を率いてまいられた。我らとて、懸念を抱いても不思議ではござらぬと存じまするが」

「これは異なことを承る。弓取りとして、畏くも太閤殿下のご恩を受けし身なれば、つねに怠らず天下の危急にそなえるのは当然の責務とそれがしは心得てござったが」

まるで、徳川家にはそのような覚悟がないのかと問いつめるように言うと、正信ばかりか、家康までもが鼻白《はなじろ》んだ顔つきになった。

「しかも当家では、執政ら臨席の上、当主が署名いたしたる起請文は軽からざるもの。家中に背く者などございましょうや。東国の風は寡聞《かぶん》にして存じ上げませぬが、それが我が毛利の風にござる」

血の気の失せた顔で押し黙って聞いている家康に向かい、広家はそこで、相好《そうごう》を崩して見せた。

「この蔵人は、西国の田舎者の上、昔からうつけ、うつけ、と罵られてまいった男。駆け引きなどは苦手でござるわい」

それまでとは打って変わった砕けた口調に、家康ばかりか、正信や長盛も目を丸くする。

「その起請文に難しく書かれておることを平たく申し上げれば、毛利は内府殿とは戦はしとうはないということにござる。それがしが兵を率いてまいったのも、戦を避けるため、わが殿を安芸広島へ連れて帰ろうとしたまで」

みながまだ茫然とした顔つきで何も言わないので、広家はさらにつづけた。

「当方に内府殿を騙し討ちにしようなどという存念のないことは、この蔵人が請け合います る。だいたい、戦などをしてもつまりませぬわい。家を危うくするばかりか、せっかく治まった世をまた乱すことになりまする。まったく、つまらぬ、つまらぬ」

やがて一同のうち、家康だけが口髭をゆがめ、笑顔になった。

「家臣の非礼なるふるまい、衷心よりお詫び申し上げる。疑り深きは東国の田舎者の悪弊と思うて、平にお許しくだされよ」

主が膝に拳をついて頭を下げたものだから、正信もまた慌てて畳に手をつき、お許しくださりませ、と広家に詫びた。

いや、なんの、と広家が苦笑していると、家康は大きな声で正信に命じた。

「筆をもて」

目の前に据えられた文机の上で、家康も起請文に花押を書き入れた。それを、また長盛が受け取り、三方にのせて広家のもとへと届けた。

形式は輝元が提出したものとほぼ同じであるが、大きく違っているのは、家康は輝元に対して「親」ではなく「兄弟」のごとく付き合うとなっていることである。これは家康に花を持たせるため、広家のほうが提案していたのだ。

「確かに」

と広家が頭を下げると、長盛がやけに明るい声で、祝着なり、と寿《ことほ》いだ。

祝いの杯を交わしたのち、広家は家康に願い出た。

「このご和睦をよい潮に、安芸中納言殿のご帰国をお許しいただければ幸いに存じますが……」

家康はうなずく。

「唐入りといい、太閤様のご薨去といい、諸侯のあいつぐ対立や、こたびの治部少輔の不面目といい、息をつく間もござらなんだゆえの。みなに暇《いとま》を与えるよい時期かもしれませぬ」

「よしなにお計らいのほどを……」

繰り返し願い上げてから、広家は下城した。

塗りの箱におさめた家康の起請文をたずさえ、大手門外で駕籠に乗り込んだとき、やれやれと思った。毛利の命運を背負えという隆景の言葉に従うつもりなどなかったはずが、毛利を守るために走りまわっているのは何の因果かと困惑している。

だが、これで戦は回避できた。輝元の帰国が許されれば、もっと安心できる。領地の山河の様子や民の暮らしを視察したり、書類に目を通したりする生活にも戻れるだろう。

そのように思いながら毛利邸へ向かう駕籠に揺られていると、欠伸が何度も出た。

「漬物石はおるか」

駕籠脇についている伊知介に声をかける。

「はっ」

「今宵は命の洗濯をするゆえ付き合えよ」

「ご勘弁願わしゅう」

簾越しの伊知介の声に、いささかのおびえが含まれている。またしても酔った広家に意地悪をされると思ってのことだろう。

「俺は疲れておるのだぞ」

「疲れておられるから、何でございますか」

「気晴らしに、うぬをいたぶりたくて仕方がないのだ。黙って付き合えばよい」

駕籠の外から、重たいため息が響いてきた。広家はにやりと笑うと腕組みをした。

天下は、間違いなく家康のものとなるだろう。

揺れに身をまかせ、強い眠気にとらわれながらそう思った広家は、やがてすっかり眠りに落ち、中国の山河を夢に見た。

会津征伐

一

小山に築かれた低い石垣の上には、白木の櫓が建つ。その壁も柱も、長年の風雪に晒されて全体にくすんでいた。

煎《い》り豆《まめ》を喰いながら櫓のそばまで登ってきた広家は立ち止まり、東方へ目を向けた。大小様々な石をのせた荷車や、材木を担ぐ者の列が、蟻の群れのように見える。その先には別の山があり、頂に四重の天守も建っていた。

天守の背後には五月晴れの空のもと、中海《なかうみ》が広がっていた。松江《まつえ》方面から東北へ突き出た島根《しまね》半島と、米子《よなご》から西北へ、境港《さかいみなと》までつづく弓《ゆみ》ケ浜《はま》半島に囲まれた汽水湖《きすいこ》である。弓ケ浜半島の北側は日本海に面した美保《みほ》湾だから、ここは湖上ばかりか、海上の水運にも便なる地だった。

「完成が待ち遠しいの」

城の普請場《ふしんば》を眺める広家は、食べかけの豆を口からぼろぼろこぼしながら言った。

東出雲、隠岐《おき》、西伯耆《にしほうき》を領する吉川家の居城は出雲の月山富田城《がっさんとだ》とされたが、広家は伯耆の米子城を大規模に拡張してきた。かつて山名《やまな》氏や尼子《あまご》氏の支配下にあった米子城は、いま広家が立つ飯山《いいやま》を中心にした小規模なものだったが、より中海に突き出た湊山《みなとやま》に、新たに本丸を築いているのだ。ゆくゆくは、吉川家の本拠をここに移すつもりだった。

出雲の守護代からのし上がり、山陰に大きな勢力を張った戦国大名、尼子氏が拠った富田城は、確かに天然の要害を利用した名城である。米子の西南四里ほどの、能義《のぎ》郡広瀬《ひろせ》の山地に位置し、断崖絶壁に囲まれているため、毛利元就も攻略する上で多大な犠牲を払わなければならなかった。よって、富田城は毛利一族の武勲の象徴といってもよいが、やはり要害の地であるだけに、城下町を築くには向いていない。そこで代わりに広家が目をつけたのが、この米子城だった。朝鮮出兵などで作業が滞ったこともあり、着工してから足掛け十年を経て、ようやく六、七割が成ったというところか。

「殿、ご用の向きは……」

付き従う藤谷伊知介が、焦《じ》れた口調で問いかけてきた。呼びつけておきながら、広家が何も言わずに歩きまわってばかりいるものだから、堪えきれなくなったようだ。

広家は普請場から目を逸らさずに命じた。

「上坂せよ、伊知介。上様のご様子などを知らせてもらいたい」

上様とは輝元のことである。安芸広島城に帰っていたのだが、家康の意向で、また大坂へ赴かなければならなくなったのだ。

朝鮮で戦った大名たちは昨年、すなわち慶長四年（一五九九）の七月に暇を与えられ、いわゆる五大老のうちでも輝元や宇喜多秀家は帰国した。また翌月には、越後《えちご》から会津に移封して間もない上杉景勝や、家督を継いだばかりの前田利長にも、同じく帰国の許可が与えられた。結果として大老のうちひとり中央に残った家康はますます専横を極め、公儀の掟も、太閤の遺命もほとんど無に帰した。

たとえば、秀吉の遺命によれば伏見城にいなければならないはずの家康は、同年九月以来、大坂城に居座ってしまっている。発端は、重陽節句《ちょうようせっく》の慶賀《けいが》のために豊臣秀頼の元へ参上すべく家康が大坂へやって来たところ、奉行の増田長盛が「内府殿のお命を狙う者、これあり」との風聞を告知したことであった。その奸賊は同じく五奉行の一人の浅野長政や、淀殿の乳母《うば》の子である大野治長《おおのはるなが》、また、もとは織田信雄《のぶかつ》の家来であった土方雄久《ひじかたかつひさ》だといい、しかも首謀者は、あろうことか大老の前田利長だというのだ。

これは怪しい話だと広家は思っている。長盛はその年の閏三月に石田三成とともに七将に命を狙われたが、三成が中央から追われたいっぽう、みずからは家康に接近することで事無きを得ている。その恩返しに、天下を目指す家康の謀略に荷担したとしてもおかしくないだろう。

いっぽう、登城した家康はこの「告発」を理由に、「にわかに城外へ出ては身に危険が及ぶ」と言って下城を拒否した。そうして結局、大坂城西ノ丸に居を据えてしまった。西ノ丸には秀吉正妻、北政所が住んでいたが、彼女が落飾し、高台院《こうだいいん》と称して洛中に隠棲したあとへ、徳川家の家臣を大勢引き連れて入ったのである。その上、もはやここから動かないという意思表示のつもりか、自分の力を誇示するためか、家康はこの西ノ丸に新たに天守まで作らせたという。

十月に入って、家康は暗殺計画に加わったとされる長政、治長、雄久を流罪に処すとともに、「首謀者」利長を討つべく、上方に残っていた大名たちに加賀征伐の号令を発した。けれども、利家亡きあと、諸侯を糾合する力を失った前田家のほうが詫びを請い、さらには利家夫人、芳春院《ほうしゅんいん》を江戸に人質に差し出すとまで言ってきたため、この出征は沙汰やみとなった。

年が明けて慶長五年になるや、家康の独走はいやます。会津中納言（上杉景勝）がご幼君（秀頼）に対し逆意をかまえている、と言い出したのだ。そしてとうとう、輝元を含めた他の大老奉行にも、会津征伐につき協議するため急ぎ上坂してもらいたい、と要請するにいたったというわけである。

「上様がいつまでも大坂にご逗留なされば厄介。そうした気配がわずかでもあれば、すぐに知らせるのだぞ。俺がみずから出向いて、引きずってでも広島へお連れ申し上げねばならぬゆえ」

心得ているというように伊知介はうなずいた。

広島城の輝元に宛てた書状に、大老奉行の会議では家康の出兵案に賛成すべきである、と広家は記しておいた。もちろん、おのれの天下を打ち立てるために暴慢な挙動を繰り返す家康の姿は、広家にとっても面白いものではない。けれども、ここで会津征伐に反対すれば、毛利もまた、前田や上杉のように家康に狙われることになる。

だが、輝元自身が上杉征伐軍に加わることだけは何としても避けなければならない。毛利を守るべく、ひとりで家政の舵取りをした叔父、小早川隆景の真似をするつもりも、またそのような器量が自分にあるとも広家は毛頭思っていない。しかしながら、薄っぺらなくせに、煽られればどこまでも舞いあがる凧《たこ》のような輝元が、天下の覇権をかけた戦に巻き込まれるのを黙って見過ごしてもいられない。もし会議の席で、どうしても毛利にも出兵してもらいたいと家康が要請してきた場合には、広家が代わりに出陣するからみずからはただちに帰国すると主張せよ、とも輝元には書き送ってある。

「それから……」

「長老殿のことでござりまするな」

まるでこちらの心中はすべて見抜いているとでも言わんばかりに、伊知介は応じた。

「こたびは案ずるには及ばぬとは思うが、念には念を入れよ」

恵瓊《えけい》もまた「ここは出雲侍従殿の御意にまかせられるがよろしい」と輝元に勧めたというから、その点では広家は安堵している。ただ、七将の事件のあと、三成を助けられなかったのは、敵に先んじて秀頼を押えられなかったからだ、などと恵瓊が口にしていたのが気掛かりだった。輝元の信任あつい恵瓊が、秀頼の身柄を押え、その名をもって天下に号令を発すれば毛利は徳川を倒せると本気で考えているとすれば、お家にとって危うい。恵瓊がよからぬ手合とつるみ、不穏な動きに出れば、毛利そのものが泥をかぶることにもなりかねないだろう。

「は」

「長老殿だけでなく、その家来どもにも目を配れ。念のためにの。さ、行け」

と応じておきながら、伊知介は躊躇したまま動かない。

「何をぐずぐずしておる。すぐに支度にかかるがよい」

「は……」

何やら、言いたげな顔だ。

「いかがした」

「それがしの留守中、ご用心を。家中に、よからぬことを考える者がおらぬとも限りませぬ」

「誰かが、俺を害せんとしておると申すか」

「内府殿の我意にお家が追随することを、快く思わぬ輩もおることでござりましょう」

「俺は上様を唆し奉る奸臣《かんしん》ということか」

「そう勘違いする者もあろうかと……。殿が上様のご体面を汚し奉っていると考える愚か者が」

広家は豆のかすを吐きながら、声をあげて笑った。

「さような者に斬られるほど、俺は間抜けではない」

普請場の向こうの中海や、島根半島の山々へ広家は目をやった。それから、首を左右に動かし、周囲の平野も視界に入れる。

「よいか、漬物石。家中で気づいておる者はまだ少ないがの、いまある毛利の所領だけでも、我々はずいぶん豊かになれる。うまく治めれば、そちの禄も倍になるかもしれぬぞ」

伊知介は、目に訝《いぶか》しげな色を浮かべた。

「まことでござりまするか」

「まことと思えぬのは、戦に明け暮れていたからだ。高麗なんぞへ行かされていては、新田を開き、道を通し、あるいは港を整え、町を作って商人を呼び寄せる、などといったことをする暇が十分にあろうはずもない」

他の多くの大名たちも程度の差はあれ、似たような思いを抱いていることだろう。広家と親しい加藤清正や黒田孝高・長政親子ら、豊家恩顧の者にしても、秀吉の忘れ形見である秀頼には浅からぬ愛着をおぼえても、豊臣政権に追い使われることには辟易している。

「そのようなことをすれば倍に、と仰せられますか」

「いや、それ以上かもしれぬ。何もわざわざ、お家の存亡をかけて戦をし、領地を増やそうとせんでもよいのだ。ご体面がどうのなど、益体もない」

にっこり笑ってから、広家は手にしていた煎り豆を伊知介の顔面に投げつけた。

「はよう、行け」

不満げな顔つきで鼻のわきに手をあてながら、伊知介は走り去った。

それを見送る広家は心中で、そちが頼りぞ、と念じていた。

二

大坂城西ノ丸の廊下を、丸々とした体を揺さぶって歩く家康は、気がひどく高ぶっていた。会津のことを考えれば考えるほど、頭がのぼせたようになる。

家康は以前からやんわりと「天下の仕置きにつき相談したいこともござるゆえ、いちど上洛なされてはいかがか」と申し入れていたが、景勝は領国会津に引きこもったままだった。そのうち、この二月になって越後三十万石の領主、堀秀治《ほりひではる》の家老が「会津に謀反の動きあり」と知らせてきた。上杉家が城を修築したり、新たに城を築いたり、また各地で道を整備し、橋を架けたりなどして、戦の準備を進めているというのである。牢人どもを新規に大勢召し抱えているのも、謀反の証だという。

秀吉の命により越後から会津へ移った上杉景勝と、そのあとに越後に入った堀秀治とはもともと仲が悪い。この国替えに際し、本来堀家の蔵に入れるべき越後の年貢を、上杉家が会津に持っていってしまったと秀治は訴えていたからだ。よって、この謀反の報告は虚説に過ぎないかもしれないが、家康はこれを、上杉を威圧する好材料ととらえた。

家康は今度は「弁明のために上洛せよ」と強く迫った。だが、景勝は腰を上げないどころか、上洛を勧める家臣らへ討手を差し向けるという挙に出た。

いよいよ本格的に上杉を屈服させるべきときが来たと踏んだ家康とその側近は使者を会津に派遣し、「別心を抱いていないのなら上洛し、誓紙を提出せよ」と告げさせることにした。また、秀吉の顧問として外交文書の作成にあたってきた鹿苑僧録《ろくおんそうろく》の西笑承兌《せいしょうじょうたい》にも、上杉家家老、直江山城守兼続《なおえやましろのかみかねつぐ》に宛てた勧告書を書かせた。この承兌は、かつて家康が公許を得ずに他の大名と婚約を結んでいたことが発覚したとき、他の大老奉行たちによって伏見の徳川邸に詰問使として派遣された男である。しかしいまや、家康に寄り添い、その顧問におさまっていた。

今度こそ景勝は、前田利長と同じように恐れ入って詫びてくるものと家康は確信していた。ところが、案に相違した。

「山城め、何が『乳呑み子あいしらい』よ」

ともに廊下を歩む家康の謀臣、本多佐渡守正信が半ば怒り、半ば嘲笑するようにつぶやいた。それは、山城守兼続の返書の文言である。長年、影のごとく主のそばに侍ってきた正信という男は、家康の心が高ぶれば同じく高ぶらないではいられないのだった。

兼続の返答は、およそ次のようなものであった。

すなわち、景勝が長々と在国していることには他意はなく、国替えしたばかりで仕置きにあたらなければならないからである。よって、いま上洛するつもりはない。誓紙を書く必要もないと考える。なぜなら、新たに提出すれば、秀吉の危篤のころから何度も書いてきた誓紙が反故になるからである。また、上方の武士が茶道具を集めるかわりに武具の支度をするのは田舎武士の風である。道路を造り、川に船橋を架けるのも往還の便をよくするために過ぎないのであって、もし謀反を起こす気ならば、防戦の準備のために通行を妨げようとするのが道理ではないか云々。

兼続はその上、景勝が逆心を抱いているなどというのはいわれなき讒言であるから、讒《ざん》人《じん》の糾明を先にすべきではないか、とも訴えている。そうして、その糾明なくして、別心なき者に一方的に上洛を命じるばかりでは「乳呑子あひしらひ、是非に及ばず候（乳呑み子に対する扱いであって話になりません）」などと書き送ってきたのだ。家康の目には「謙《けん》信《しん》以来の武勇を誇る上杉家を馬鹿にするな」といった言い草に映った。

それを思うと癪に障って、夜もなかなか寝つけないほどだ。けれども、家康は怒りと同時に、大きな獲物がいよいよ網にかかりつつあるという興奮もおぼえていた。

廊下の先の書院に入っていくと、すでに相手は平伏して待っていた。

「右衛門尉殿、面《おもて》を上げられよ。折り入ってのお話とは何事でござるかな」

上段についた家康は、うるさい奴だと思いながらも穏やかに、増田右衛門尉長盛に声をかけた。

「たびたび申し上げてまいったことにござりまする。何卒、会津へのご下向はお差し控え願いたく……」

そう言ってくるのは、家康にはわかりきっていた。長盛はすでに徳川家の主立った家臣を通じて、出陣をやめるよう繰り返し迫っていたし、先日は同じ奉行の長束正家、さらには三中老の中村一氏、生駒親正、堀尾吉晴との連名で、征旅を諫止《かんし》する書状を寄越していたのだから。

「太閤様がお隠れあそばされて以来、諸侯間に幾度も不和がござったが、これまでは穏便に事をおさめてまいられたではござりませぬか。なにゆえにこたびばかりは、兵をあげると申される」

「おわかりにならぬか」

と応じたのは、上段の家康のすぐそばに、部屋の中ほどへ向いて座る本多正信だった。陪臣に過ぎない男が、豊臣家の奉行に対して上座から荒らかに言ったものだから、長盛の表情は不愉快そうだ。

しかし、家康は正信を窘めはしなかった。徳川家の家臣である正信が奉行に対して同格かそれ以上にふるまってみせれば、家康が他の諸侯からはるかに抜きんでた存在であることを見せつけられるからだ。主の意向を了解している正信も、おかまいなしにつづけた。

「これまでは、ひとたびにらみ合うても、やがては誓紙を交わし、向後の昵懇を互いに誓うにいたり申した。されどこたびは、会津中納言は誓紙を書くことを拒んでおる」

「内府殿のお腹立ちはごもっとも」

長盛は正信の存在を否定するように、神経の細そうな長い顔を家康ばかりに向けて言った。

「されど、所詮は田舎者ゆえの不調法にござる。どうか大度《たいど》をお示しになり、ご堪忍くださりませ」

すると今度は、家康が口を開く。

「それがしは、おのれ一人の腹立ちのゆえに会津へ参ろうと申すのではござらぬ。これは、ご本丸におわす上様の御為を思えばこその挙兵」

ご本丸におわす上様とは、八歳の秀頼のことである。家康は景勝を討つにあたり、四大老（徳川家康、毛利輝元、前田利長、宇喜多秀家）、および三奉行（前田玄以、増田長盛、長束正家）の協議を経て、公儀の軍を編成しようとしていた。つまり、この出陣の実態は徳川に反抗する者を討つ私戦だが、名分上、豊臣政権への反逆者を成敗する公戦にするということだ。

「それがしは畏《かしこ》くも故太閤殿下より、ご幼君がご成人あそばされるまでの天下の仕置きをご委任いただいておる。このあからさまな会津の逆意を見過ごさば、泉下の殿下に対し奉り、いかにして顔向けできましょうぞ」

「出兵せねばならぬとしても、内府殿御みずからが参られることもござりますまい。余人をお遣わしなされればすむはず」

長盛は引き下がろうとせず、切々と説きつづける。

「内府殿がおそばにおられるからこそ、まだ幼き御身の上様を世人は重々しく拝し奉るのでござる。いま、まるで上様をお見放しなされたように内府殿が大坂を離れられ、陸奥《みちのく》へご下向なさるとなれば、それこそお家に危難を招きかねませぬ」

「お見放し仕るなどと、大袈裟に過ぎまするぞ、右衛門尉殿」

そう言って笑ってから、家康はきっぱりと長盛の諫止を拒否した。

「敵地に近い地を預かる者が率先して兵を出すのは、弓取りの慣《ならい》にござる。関八州の鎮撫もまた、故殿下よりおゆだねいただいた大任。こたびはそれがしが参らねば、面目が立ちませぬ」

敵対者の近くに領地を持つ者が先頭に立って戦うことは、この頃の武家の不文律であった。たとえば、秀吉が行った四国征伐や九州征伐では中国の毛利勢が重要な役割を担ったし、小田原征伐では、当時、駿河、遠江、三河、甲斐、信濃《しなの》を領していた徳川勢が主力となった。その後、徳川家はさらに東の関東へ移封されたこともあり、無益な朝鮮出兵への動員を免れたと言ってよいだろう。

秀吉は死の直前、家康を牽制すべく上杉を越後から、徳川の所領がある関東の背後を扼す会津百二十万石へ移していたが、家康はそのことをもって、自分には親征する義務があると主張したわけである。だが、どのような理由をつけてでも、みずから諸侯の軍勢を率い、遠方の敵を屈服させるという実績が欲しかったのだ。

その一挙手一投足にびくびくするほど諸侯が秀吉を恐れたのは、彼がそれまで敵対していた者どもをも麾下に従えて、九州や関東にまで遠征し、勝利したからだろうと家康は考えていた。割拠して争っていた大名たちも、秀吉が自分たちを超越した存在であることを認めざるを得なくなったのだ。

家康も歴戦の武将だったし、とくに天正十二年（一五八四）の小牧・長久手の戦いでは秀吉に対して分がよかったことから、類稀《たぐいまれ》なる弓取りと人々に仰がれてはいる。しかしながら、その勲功は身内を率いてあげたものに過ぎず、秀吉のそれに比べればささやかなものと言わざるを得ないのだ。やはり徳川家の家臣以外の大名たちも東国へ引き連れ、彼らを手足のごとく動かして大勝利をあげてこそ、世人は自分を真の「天下様」と認めるにいたるはずである。そう家康は信じていた。

いくら説いても家康が納得しないと見るや、長盛は今度は延期を求めてきた。

「ここ数年は不作つづきゆえ、いまは兵糧を集めるにも難儀いたすはず。しかも、長陣となれば雪の季節にいたらぬとも限りますまい。せめて、来年の春まで出陣をご延引なされてはいかがで……」

もちろん、家康が首を縦に振るはずはない。すると、それまで精力的に議論を展開していた長盛は、急に老け込んだ顔つきになって黙り込んだ。頰からは血の気が失せ、唇がからからに乾燥している。心配性の地金をあらわしたな、とは思ったが、その顔つきの暗さが尋常ではない。あるいはこの場で失神でもしやしないかと家康は恐れ、正信へ目を向けた。

「ご気分でも悪いのでござるか」

正信も心配げに声をかけると、長盛ははじめ、時が止まったようにあらぬ方をぼんやりと見つめていたが、やがて表面のささくれ立った唇を動かし出した。

「内府殿ご不在のうち、上方にて慮外《りょがい》なることが出来いたさば、いかがなされます」

「慮外なること……昨年、そこもとを襲わんとした連中のことでござるか……」

長盛がこれほどまでに熱心に出征を止めようとする理由がわかった気がして、家康は言った。

三成とともに七将に襲撃されたとき、家康の仲介によって長盛は事無きを得た。けれども、その裁定に心底は納得していない七将のうちの誰かが、家康の留守のあいだに自分を襲うかもしれないと長盛は恐れているのではないか。

「その者どもも戦地へ同道させれば文句はござるまい」

微笑みながら家康は言ったが、長盛はすがるような目を向けてくる。

「佐和山から兵が参るやもしれませぬ」

家康と正信は顔を見合わせた。やがて、二人は同時に噴き出す。腹を抱えながら、正信が言った。

「なるほど、貴殿は治部少輔に憎まれておりましょうな。石田の兵が真っ先に襲いかかるのは、貴殿のお屋敷でござろうよ」

意地の悪い言い方をするものだとあきれながらも、家康も笑いを堪えられなかった。日和見をし、一度でも人を裏切れば、ずいぶんな苦労を背負い込むものだと思う。

だが笑ううち、家康は尻のあたりがむずむずするような、落ち着かない気分になった。乱世に日和見をしない者などいるだろうか、と思ったのだ。おのれ自身が、今川や織田、豊臣と、生涯に幾度となく仕える先を変えてきたのではないか。長盛の白い顔に、人間一般の悲哀があらわれているような気すらしてきた。

家康は真面目な顔になって、長盛を励ました。

「近江に何かあろうとも、奉行たる貴殿がしっかりと上様をお守りし、近在諸侯に檄《げき》を飛ばせば恐るるに足りませぬぞ。だいたい、いまの世で、誰が治部少輔などに味方すると申される」

家康が東下するあいだ、京畿以西で最大の力を持つのは毛利輝元だが、三成がかりに兵を挙げたとしても、輝元が呼応する心配はないと思われた。なぜなら、毛利家中において大きな軍事的権限を持つ吉川広家が、徳川家との衝突を避けようとしているからである。実際、今度の会津遠征についても、輝元は家康の考えに全面的に賛成する意向を示していた。

いっぽう、家康を盟主に担ぎ、公儀の支配から脱しようとする大名たちと対立してきた三奉行も、いまでは態度を変えている。豊臣家の権威のもとで自分たちがこれまでふるってきた力は制限されることになっても、家康に接近して保身をはかろうとしているのだ。この状況下で、十九万四千石の身代しかなく、しかもいわゆる七将ばかりか、多くの大名たちに恨まれている三成とともに立とうと考える酔狂な者がはたしてどれだけいるだろうか、と家康は考えている。

「もし佐和山に不穏な動きあるときは、急ぎ江戸へ使いを立てられよ。すぐに引き返して参りまする。だが、その前に、乱は鎮まるものと存ずる」

それでも長盛は、怯えた顔を引っ込めない。この小心者に付き合うのも飽きたと思った

家康はそこで話を打ち切り、奥へ引き上げてしまった。

上坂した輝元らの賛同を得て、会津征伐は正式に決定された。六月二日には東北や北陸、

関東の大名たちへ陣触れがなされ、六月六日には大坂城西ノ丸において大規模な軍議も行われた。

六月十五日、いよいよ秀頼に暇乞いの挨拶をするため、家康は本丸御殿の千畳敷《せんじょうじき》へ参上した。そこには、奉行たちや城番の片桐且元らも臨席した。

生母の淀殿や、女中らに囲まれて上段についている秀頼に、家康は恭しく低頭しつつ、必勝の覚悟を述べた。はたして八歳の子にどれほど事情が呑み込めているかはわからないが、家康が挨拶を終えると、長盛が宣した。

「ありがたくも上様より、黄金二万両、米二万石を下賜せらる」

額を畳につけ、両肩を震わせて恐れ入って見せた家康に、幼い秀頼の声がかけられる。

「よう励むがよい」

「ははーっ」

秀頼が侍臣にともなわれて去ったあと、腰を上げた家康は一度鼻で笑ってから千畳敷を

退出した。

その翌日、家康は秀頼の名代として、井伊直政、本多忠勝、榊原康政、酒井家次《さかいいえつぐ》らの徳川家家臣のほか、福島正則、黒田長政、池田輝政、加藤嘉明、細川忠興、浅野幸長、山内《やまうち》一豊《かつとよ》らを含めた五万六千の兵を率い、大坂城を出発した。

三

畿内に出ていた伊知介はその日、洛東は豊国《とよくに》神社の境内を歩いていた。すでに会津討伐軍が東下したというのに、参道には人が溢れている。遠い陸奥国《むつのくに》での戦などは、京の人々には別世界のことに思えるらしい。

社殿仏堂八十余という巨大な神社の祭神は豊国大明神、すなわち豊臣秀吉である。本殿の裏手にそびえる阿弥陀ヶ峰の頂には秀吉の柩が埋められており、その上に宝形《ほうぎょう》の御霊《みたま》屋《や》が建っていた。大名たちが寄進した大きな灯籠《とうろう》が並ぶあいだを、朱塗りの中門へ向かって歩く伊知介は峰を見上げて、十人衆のうち上杉景勝までもが家康の野心の餌食になろうとしている浮世の有り様を、秀吉はどのような気持ちで見下ろしているだろうかと考える。

参道には桟敷《さじき》を設けた茶店や、蓆《むしろ》をひろげた行商の者が並んでいた。やがて、土器《かわらけ》を並べた商人の前で、伊知介はしゃがみこんだ。釉薬《ゆうやく》のない、赤みを帯びた茶碗をつまみあげ、興味深そうに見つめながら、蓆をはさんで座る親父に言った。

「坊様はいかがしておる」

照りつける文月《ふづき》の陽射しを避けるために頭に手拭いを巻いた、眉の白い親父は、別の茶碗をいじりながら、ぶっきらぼうに答えた。

「変わりない」

坊様とは、安国寺恵瓊のことである。恵瓊は大坂へ出てきていた。

大坂城での評定が終わると、輝元は広家の言にしたがってただちに帰国した。だが評定の席で、家康が「毛利殿にも兵を出していただきたい」と要請したため、広家と恵瓊が輝元の名代で出陣することになったのだ。広家のほうは、米子の普請によほど執心していたためか、まだ上坂の途次である。

「坊様は出かけてはおらぬのか」

「もちろん、木津の中納言様のお屋敷（毛利邸）へは参られておるが、そのほかは大人しいもの」

「まことかの」

「もしよそへ出たら、すぐに手前の知るところとなるわい」

気分を害したのか、親父はさらにぞんざいな言い方をした。

この男の名は世鬼太郎兵衛《せきたろべえ》という。世鬼氏は毛利元就の時代から、毛利一族の謀略を支えてきた忍びである。太郎兵衛は元春以来、吉川家に属し、上方の風聞を集めていたから、もう五十の半ばにはなっているはずだった。今度も広家の意を受けた伊知介の要請で、大坂や伏見にある恵瓊の屋敷ばかりか、東福寺をはじめとする恵瓊ゆかりの寺社をも多くの手下に見張らせていた。太郎兵衛の傍らでは、いかにもすばしこそうな若者が茶碗を布で磨いていたが、これまた手先の忍びの者だろう。

太郎兵衛は、まったく不思議な男であった。何度も会って話をしているのに、その顔を覚えられないのだ。のっぺりとした造作で、まるで特徴がない。もちろん会えば、太郎兵衛その人だとはすぐに知れるのだが、別れてからその顔を思い出そうとしても果たせなかった。それはおそらく、生まれつきというより、長年の忍術修業のたまものだろうと伊知介は思っている。

「また参る」

言い残すと、伊知介は立ち上がった。人の流れに沿って、拝殿の方へ参道を進む。

一つ門をくぐると、また朱色の楼門が見えた。その手前には石段があるため、人が溜まっている。伊知介も歩みを緩め、のろのろと進むうち、前方の群衆が波打つように揺れ出した。

見れば、参拝者の流れに逆らい、人込みをかき分けて、左斜め前からこちらへ走ってくる者がある。苛立った声をあげ、よろけながら、人々は道をあけた。やって来たのは、緋《ひ》色の地に琥珀《こはく》色の丸模様が躍る、派手な小袖《こそで》を着た女であった。

喘ぎつつ、女は猪のように突き進む。よけようと思えばよけられないこともなかったが、そのために左右の者を押しのけるのもはばかられて、伊知介はぶつかってやることにした。

腕の中に抱き取った印象は、猪とはほど遠かった。ややぽってりとしているが小柄で、やわらかい体つきをしており、まるで猫を抱えているようである。女は紅を引いた唇を震わせて言った。

「助けて」

それから、いま来た方へふり返る。

伊知介も目をやったが、賊らしき者は見当たらない。それでも、女は伊知介にしがみつき、助けて、と繰り返した。しっとりと汗ばんだ女の若々しい体は、熟した山桃に似た匂いをただよわせている。

参道の真ん中で抱き合う二人を、みながじろじろ見ているのに伊知介は気づいた。にわかに恥ずかしくなって、女を連れて右手へ急ぎ、参道からはずれた。

両側に大きな木が並ぶ、人気もまばらな間道へいたったとき、伊知介は立ち止まり、女に問うた。

「何者に追われておる」

見上げた女は、目つきまで何かをじっと注視するときの猫に似ていた。

「人買いです」

言うや、女は激しく落涙し出した。

この当時、人買い、すなわち奴隷商が横行していた。戦が日本中で頻繁に行われていたころは、敗残兵や占領地の民は当然のごとくに生け捕りにされ、売り買いされたが、統一政権ができ、国内に戦はほとんどなくなってからも、人買いは絶えなかった。とくに女子供は油断していると町中でもさらわれ、その後、悪くすれば南蛮人の船で遠い異国に連れ去られてしまう。

だが、伊知介がもう一度ふり返っても、それらしき人影はなかった。

「もう泣かずともよい。人買いは去った」

ところがその直後、そばの木陰から、きらめく物が飛び出てきた。白刃《はくじん》だ。顔中髯《ひげ》だらけの男が、上段から斬りかかってくる。

伊知介は女を突き飛ばした。女が地面に俯せに倒れるのと同時に、刀の柄を握りしめ、敵の刃を躱《かわ》す。抜き様に斬った。敵の右腹に呑み込まれた伊知介の刀は、肝臓を切り裂いたようだ。あたりが霞むほどの血が噴き出た。その刹那《せつな》、伊知介は目の端に、別の刀が襲いかかるのをとらえた。

腹から血を噴く男がこちらへ倒れてくる。それをよけながら、伊知介は手首を返した。新たな敵の攻撃の軌道から飛び退《すさ》ると、踏み込み、切っ先で頸動脈《けいどうみゃく》を割いてやった。今度はいっそうの血が噴き上がり、伊知介自身も血達磨になった。

　地面に崩れ、動かなくなった二人の賊の傍らで、女は尻餅をついている。

「そなたを追っていたのは、こやつらか」

　女は泣くことも忘れ、夢見るような顔でうなずいた。

　おそらくは、別の道をたどって先回りしていたのに違いない。商売の邪魔をする男は見せしめに斬らなければならないと思ったのだろうが、歴戦の強者である伊知介の敵ではなかった。

「そなた、名は……」

「刀根《とね》」

「家まで送っていって進ぜよう」

　女はまだ焦点の定まらない目つきで、座りつづけていた。

　刀根の家は東山の、公家や富商の寮が並ぶ一画にあった。洒落た板垣で囲まれた、なかなか立派な屋敷である。

「お茶でも召し上がっていってください」

　と言いながら、刀根はその裏の木戸へ伊知介を導いた。屋敷内には、ほとんど自然のまと思われる木々のあいだに小道がつくられている。

「なぜ、裏からこそこそ入る」

小道をついて行きながら、伊知介は尋ねた。

「内緒で出かけましたから」

表から入ると家の者に叱られる、と刀根は言った。

「しかも、そのお姿では……」

一度足を止めてふり返ると、顔をしかめながら伊知介の全身を眺めまわした。

「年寄りなどは、そのお姿を見ただけで目をつぶるやもしれませぬ」

伊知介も自分の体を見た。確かに血まみれで、おぞましい。

また歩いてゆくと、やがて小道の先に母屋らしき高い屋根が見えた。けれども、刀根はそちらへは向かわず、右へ折れた。たどり着いたのは、山村の百姓屋のような平屋であった。

入り口から土間に入って中を見ると、こぎれいで生活感はない。脇の厩《うまや》もがらんとしている。

「お脱ぎなされ」

刀根に言われるままに、伊知介は両刀を上がり框に置くと、袴も小袖も脱ぎ、下帯一枚になった。衣を受け取った刀根は、伊知介の裸体を興味深そうに見つめた。武芸の修練を積み、戦場を駆けめぐって鍛えた体中に、数えきれないほどの刀傷がある。

怖や、とつぶやくと、刀根は血にまみれた衣をたずさえて出ていった。

屋内には囲炉裏《いろり》を切った板の間と、奥に座敷があるばかりだった。座敷にあがって待っていると、刀根は女物の襦袢《じゅばん》を持って帰ってきた。衣服を婢《はしため》に洗濯させているあいだ、それを着ろという。

羽織ってみたが、寸法が短すぎる。肩のあたりがもぞもぞして、さかんに上半身をくねらせる伊知介の前で、刀根は手をついて頭を下げた。

「危ないところをお助けくださり、ほんに、ありがとう存じまする」

「いや、大事なくてなにより」

一通りの礼を終えると、刀根は酒をすすめてきた。

「茶ではないのか」

などと言いながらも、伊知介は遠慮なく杯を受け取った。暑い盛りにひと暴れして渇いた喉に、酒が染みた。

刀根は眉も落とさず、歯には鉄漿《かね》もつけていないから、人妻ではあるまい。金持ちのお転婆娘というところだろう。

「人買いになど出会わぬよう、もうふらふら出かけずにおくがよい」

「藤谷様も、東国へ戦に参られるのでございますか」

伊知介の忠言などまるで聞こえていなかったかのように、刀根は話題を変えた。

広家が東国へゆくときには、自分も当然ついてゆかなければならないと伊知介は思っている。けれども、何も答えないでいた。

「いずれのご家中でございますか」

「さてな……」

銚子の酒をすすめながら、女はいろいろと尋ねてきた。伊知介のほうは黙って飲んでいる。喉の渇きが癒え、味わう余裕がでてくると、ずいぶん上等な酒らしいと気づく。

「父よりもあらためてお礼を申し上げねばなりませぬ。いずれのご家中かだけお教えください」

「礼などしてもらわんでもよい」

表の陽光の色が鈍く、濃くなりはじめていた。伊知介は立ち上がる。

「帰らねばならぬ」

「まだよいではありませぬか」

「濡れていても構わぬゆえ、着物を返してくれ」

行く手を阻むように、刀根も立ち上がった。と思ったら、身を投げ出すようにして抱きついてきた。伊知介の胸板に唇をつける。

「何の真似だ」

「冷たくなさるなら、お召し物はお返しいたしませぬから」

刀根はきつい顔を向けてきた。ふっくらとした体の力は抜けきっていたが、妖艶な目に力があった。吸い寄せられるように、伊知介は唇を奪った。合わさる唇のあいだから、刀根は熱い息を吐いた。

結局、伊知介は刀根を抱いた。

目を覚ましたとき、朝陽が障子戸を照らしていた。

伊知介は疲れていた。昨夜は、刀根を相手に何度精を放ったかわからない。

部屋の中はむせ返るように暑く、酒臭かった。それほど飲んだつもりはなかったが、体を起こしたとき、頭が重く感じられた。

また女を抱いてしまった。しかも、大事な役目のさなかというのに。自分の愚かさを嘆じるとともに、今度は深い仲になってはならないとも念じた。伊知介の悪い癖は、女を抱くとつい情がうつって深入りし、大した甲斐性もないくせに生活の面倒まで見るようになることだった。

いまのうちに姿をくらましてしまおうと考えたが、自分が裸であることに気づいた。差料《さしりょう》は部屋の隅の柱に立てかけてあったが、衣服は見当たらない。どうしたものかと思い、迷っていると、戸が開いた。

「お目覚めでございますか」

入ってきたのは刀根である。

蒲団の上に胡座をかいている伊知介の目の前に、刀根は衣装箱を据えた。中には、伊知介の小袖や袴が入っていた。乾いており、血もだいたい落ちているようだ。

「朝餉《あさげ》の支度ができております」

「そんな暇はない。ただちに帰る」

ひったくるように小袖を摑んで立ち上がると、目眩がした。

「急いで帰られたところで、お殿様はまだ旅の途次であらせられるのでございましょう」

小袖を羽織った伊知介は、そこで動きを止めた。

「そんな話をしたのか、俺は」

「お忘れなのでございますか」

言われてみれば、刀根と情を交わし、酒を飲んで上機嫌になったところで、そのようなことを語った気がしてきた。

「ほかに、俺は何を申した」

刀根は信じられないという目つきで、伊知介の顔を見つめている。

「何を申したと尋ねておる」

「さて……お殿様のことをうつけと申す者も多いが、実はとても思慮深い、立派なお方だとか……そのお父上もまた立派なお方だったとか……本当に覚えておられぬのでございますか。あれほど楽しくお話をうかがったというのに」

落胆した様子で、刀根は責めるように言った。

だが、伊知介のほうはそれどころではない。身分を隠して諸方を探索すべき者が、自分の身の上についてぺらぺらしゃべるとは何たる阿呆かと情けなくなった。少々酔ったくらいで、しかも、はじめて女を抱いたわけでもないのに、俺は舞いあがっていたのだろうか。

世鬼太郎兵衛に弟子入りすべきかもしれないなどと思い、伊知介が茫然となるいっぽう、刀根がかいがいしく帯をしめたり、袴を穿くのを手伝ったりしてくれた。

「ところで、伊知介様のお殿様は、何とおっしゃるお方にございますか」

そこまでは話していなかったようだ、と気づいて、伊知介はいささかほっとした。

「まあ、それはよい」

はぐらかしたとき、腹が大きく鳴った。刀根が笑いを漏らす。

「朝餉を召し上がってゆかれませ。せっかく支度させたのですから」

伊知介は考えた末、答えた。

「では、少しだけだぞ」

朝餉は母屋に用意してあるというので、伊知介は刀根について屋の外へ出た。

母屋は、大名の重臣の館のような大きなものだった。玄関からあがり、畳廊下を歩く。

やがて、床の間と、その脇には違い棚までしつらえられた書院に通された。花模様が雲母《きら》刷りされた襖も豪華で、月山富田城の広家の居室と比べても遜色《そんしょく》はないように思える。

刀根が出ていったあとも室内をしげしげと眺めながら、いったい、この屋敷の主は何者であろうかと訝しんだ。同時に、自分が刀根やその家族について何も知らないことに気づいた。こちらは昨夜、言わなくてもよいことをいろいろとしゃべったらしいのに。

しばらくすると、年配の下女二人を引き連れて、刀根は戻ってきた。下女たちは膳や鍋を捧げ持っている。

刀根が鍋から飯椀に粥を盛りはじめると、下女は退出した。

「そなたの父御のことだが……」

尋ねかけたが、椀の中身を見て言葉を忘れた。いつもは雑穀《ざっこく》ばかりを食べている伊知介の目には眩しく感じられるほどに、その粥は真っ白だった。刻み込まれた菜っ葉の緑色が鮮やかに映える。

香りもまた、久々の白米のものにほかならなかった。箸と椀を取り上げ、伊知介はがつがつと食べはじめた。ともに膳に出された練り味噌を舐め、漬物をかじりながら、たてつづけに四杯喰った。

五杯目のお代わりを求めたとき、刀根が顔を赤らめて笑っていることに気づいた。

「何だ」

「頼もしい、と思いまして」

昨日、蒲団の中で見せたような艶やかな笑みを刀根は浮かべた。

「たくさん召し上がるお方が好き」

六杯目を食べ終えて、ようやく箸を置いた。刀根が躙り寄り、手拭いで口元をふいてくれた。

「ところで、そなたの父御は——」

刀根が伊知介の首に抱きつき、唇を舐め出した。伊知介もついそれに応じ、舌をからませる。その最中、襖の向こうから男の声がした。

「失礼いたします」

二人が慌てて離れた直後、咳払いが響いてきた。それから、襖戸が開く。深々と頭を下げてから入室したのは、五十絡みと見える、頭を丸めた男だった。物慣れた様子で部屋の中央に進むと名乗った。

「手前は亀屋宗柳《かめやそうりゅう》と申します」

普段着らしい海老茶《えびちゃ》色の紬《つむぎ》を着ていたが、それが見るからに上等そうであった。くたびれた木綿《もめん》の小袖を着て上座についている伊知介は気後れしつつも、これが刀根の父かとまじまじと見つめた。

商人のようだが、その痩せた五体から発せられているのは、黙々と山中を歩き、ときに巌《いわお》の上で座禅を組む修験者に似た落ち着きと厳しさであった。

「娘の命をお助けいただきましたそうで、お礼の申し上げようもござりませぬ」

「なんの……」

礼は十分すぎるほどにしてもらった、と伊知介は思っている。市中の賊を斬ることくらい造作もないのに、肉置《ししお》きのよい刀根の体を堪能させてもらった上、旨い朝餉まで馳走になったのだから。

宗柳と名乗った男は顔を上げると、冷たい視線を刀根に送った。刀根は不機嫌な顔つきになりながらも、何も言わずに立ち上がり、部屋を出ていった。

この男は怒っているのかもしれない、と伊知介は思った。娘に何をしてくれたなどと文句を言われてもかなわないと身構える。

「長居をするつもりはない」

立ち上がろうとしたとき、宗柳は上等な袱紗《ふくさ》を縫い合わせたような袋を、伊知介の目の前に置いた。ずいぶん重たい物が入っているようで、畳がどすんと音を立てた。

「何卒、お納めくださりませ」

伊知介は手を伸ばし、袋の口をひろげてみた。中を見て、腰が抜けそうになる。

「なんだ、これは」

川原の石をかき集めてきたかのように、丁銀《ちょうぎん》が無造作に詰まっていた。銀を棒状に固めた丁銀は高価にすぎるため、日常の支払いには不向きで、一般には恩賞や贈答物としてしか用いられない。

「お主は阿呆か。このようなもの、受け取れるものか」

「そこを曲げてお納めを……」

鈍く光る丁銀の束と、てかてかの宗柳の頭とを見比べ、伊知介は思案した。

しばしば京坂での用を命じられてきた伊知介は、洛中と伏見に妻を持っており、あわせて六人の子をもうけている。さらに、まだ子はなしていないものの、出雲富田にも妻がおり、少ない禄で彼らを養うのに常に四苦八苦していた。これだけの銀があれば、ずいぶん助かることだろう。

「まことに、もろうてよいのか」

「お納めいただかなければ、亀屋が大恥をかきまする」

「卒爾《そつじ》ながら、何を商うておる」

「酒屋でございます」

なるほど、と伊知介は思った。この頃の酒屋は、金融業者をかねているところが多かった。寺社や大名、富商らと通じて営業する者の中には、生半可な大名などより財力のある者も少なくない。

「では、遠慮なくいただく」

「よろしければ、また遊びにいらしてはいただけませぬか……憚りながら、娘のことがお気に召されましたならば、また、お相手などをしていただければと」

　顔を上げた宗柳の目に、なにやら暗い色がさしている。

「かようなことを申すのもお恥ずかしき限りではございますが、刀根は病をわずらっておりましてな」

「なんと……悪いのか」

「その……淫の病とでも申しましょうか。盛りのついた獣のように、ほうっておけばこの屋敷を飛び出し、幾日も帰って参りませぬ」

　伊知介はいまだに何を聞かされているのかわからず、宗柳の困り果てた顔を見守るほかなかった。

「娘が誰彼かまわず男に身をまかせていると思うと、やはり父としては堪えられませぬ。親子揃うて阿呆な奴ばらとお思いでございましょうが、幸い、刀根も藤谷様のことをずいぶん好もしく思うておるようですし、手前としても、藤谷様のような立派な方がお相手ならば――」

「待て、待て。さっきから、何を申しておる」

　貧しい自分がこれ以上の妻女を持つわけにはゆかない。そう言おうとした矢先に、宗柳は意外なことを申し出た。

「またおいでいただければ、いかほどでも銀子をご用意いたしましょうほどに」

開いた口が塞がらなかった。主の広家は大金を払って、京の六条三筋町の女郎屋へ通っているというのに、その家臣の端についている自分は、刀根のようないい女を抱きに来れば銀子を貰えるという。このようなあべこべな話があるだろうか。

はっきりとした返事をしないまま、伊知介は亀屋の屋敷をあとにした。

丁銀のずっしりとした重みを懐におぼえながら、伊知介は伏見まで駆け、そこから船に乗った。天満の船着きにいたったときには、陽はすでに西へ傾きつつあった。

そこからさらに、吉川家の屋敷へ走ろうとすると、河岸の宿屋が並ぶ方から、魚籠《びく》を腰につけ、釣り竿を振りながら駆けてくる男がいる。

「やはりここへあらわれたな。ようやく見つけたぞ」

昨日とはまるで違う身形だが、このぞんざいな物言いは世鬼太郎兵衛にほかならない。

「ここで何をしておる」

「坊様の行方がわからぬようになった」

そばまで来ると、太郎兵衛は声をひそめて言った。伊知介の肌が粟立《あわだ》つ。

「見張りはいかがしたのだ」

「消えた。暗いうちに」

大坂と伏見の恵瓊の屋敷につけていた見張りが、昨夜のうちに行方不明になったと太郎兵衛は語った。そのため、いま恵瓊がどこにいるのかが不明になったというのである。

「抜かりないと申していたではないか」

「面目ない」

太郎兵衛はのっぺりとした顔の中央に皺を刻み、唇を噛んだ。

「なぜ、それを早く知らせぬ」

「知らせようにも、お主はお屋敷におらなんだではないか。手の者とずいぶん探したのだぞ」

しまった、と伊知介は悔やんだが、あとの祭りであった。

四

暑さに閉口しながら、恵瓊は駕籠のうちにあった。引き戸や窓を大きく開け、扇を使っているが、鉢《はち》の開いたるごとしと評される大きな禿頭も汗まみれだ。

左手に、西陽にきらめく琵琶湖《びわこ》が見えた。わずかな供に守られた駕籠は、琵琶湖の東岸を北へ進んでいるのだ。

「城が見えてまいりました」

供の者が言ったので、恵瓊は駕籠の外に顔を出して前方を見た。山並みのあちこちにいくつもの曲輪が築かれており、そのうち最も高い位置に天守がそびえていた。三成が住む佐和山城である。

世間では「治部少輔に過ぎたるものが二つあり。島の左近と佐和山の城」などと揶揄《やゆ》されるが、まさに噂どおりだった。秀吉の寵を受け、交通の要衝に封ぜられた男の城は、たかだか十九万四千石の身代には不似合いなほどに大きなものである。それを遠望しながら、とうとうこのときが来た、という感慨に恵瓊はひたった。すなわち、家康を討ち、毛利の天下をつくるべきとき、である。

同盟者の三成が奉行職を追われるのを阻止できなかったことは、毛利の敗北だった。けれどもそれ以来、恵瓊は巻き返しのための布石をひそかに、しかし着々と打ってきたのだ。その努力の大半は、二人の男を油断させることに傾けられてきたといってよい。

その一人目は、もちろん最大の敵、徳川家康である。

三成退隠直後、家康との昵懇を誓う起請文を書くように、恵瓊は嫌がる輝元を説き伏せた。また今度は、家康の会津征伐案に賛成してやれとも進言した。それは、「毛利は徳川の味方だ」という誤った思い込みを家康に植え付けるためにほかならなかった。そしてこのことは、もう一人の男、すなわち毛利一族ながら家康に媚びようとする吉川広家を油断させ、出し抜く手立てにもなっている。

広家の虚を衝《つ》き、反徳川闘争の首領として、輝元自身に広島から万余の兵を率いて来させる、というのが恵瓊の策謀であった。それをずいぶん手際よくやり、総大将としての輝元の地位を広家も承諾するよりほかはない状況に持ち込むのである。

恵瓊はまた駕籠のうちに首を引っ込め、瞑目した。

誰もが、家康の暴走はもう止められないと思っている。彼が留守のうちにかりに三成が動いたとしても、大勢に影響はないというのが大方の予想であろう。だが、家康が大老の上杉景勝とにらみ合ううち、もう一人の大老、すなわち西国の雄たる毛利が立ち上がったら事情は変わるはずだ、と恵瓊は思う。上杉と毛利の経済力をあわせれば、徳川のそれとほぼ互角になるではないか。

毛利勢が大坂城を占拠し、秀頼を掌中におさめて「家康は豊臣家に対する反逆者である」と宣言したらどうなるだろうか。そして、大坂に暮らす諸侯の妻子を人質としつつ、「秀頼様のために家康を討つべし」と号令を発すればどうなるだろうか。天下は雪崩《なだれ》を打って我が方に馳せ参ずるはずだ。

そのように考え、異常な興奮にとらわれるうち、駕籠は佐和山の麓に設けられた大手門に着いた。驚いたことに、その傍らには石田三成自身と、家老の島左近清興の姿がある。ずいぶんな気の遣いようだと驚きながら、恵瓊は駕籠を降りた。

「ようこそお越しくだされた」

感激した様子の三成に歩み寄りながら、恵瓊も朗々と応じた。

「ご幼君にご奉公仕るはこのとき」

恵瓊も、三成も、左近も笑顔でうなずき合う。だがその笑みの裏には、それぞれ別な思いがあることも恵瓊はわきまえている。

確かに反徳川では一致しているが、恵瓊にとって、秀頼は毛利が天下を握るための方便に過ぎない。いや、「毛利の天下」も、おのれの才知をあらわすための方便なのかもしれない、という気もしている。

いっぽうの三成にも、同じようなことが言えるだろう。このままじっとしていれば、三成はいつまでも権力の中枢に復帰できないばかりか、やがてはこの城も領地も取り上げられてしまうことだろう。つまり、家康とその与党を倒さなければ三成は滅びるよりほかはないのであり、やはり彼にとっても、秀頼はその生存の戦いを推し進めるための方便に過ぎないのだ。

あるいはこの左近という男の腹には、自分の腹にあるのと同様の野心が巣くっているのかもしれないと恵瓊は疑っている。すなわち、石田家を滅亡の淵から救う以上に、三成に天下の権柄《けんぺい》を掌握させようという、策士としてのやみがたい野心である。そうであれば、家康との戦に勝ったあとには、毛利と石田との覇権争いが待っていることになる。

だがいずれにせよ、まずは一致して目先の大敵を倒さなければならないのだ。

「佞人を誅伐《ちゅうばつ》できるとは、快事この上ない」

などと語り合いながら、恵瓊は三成らについて門をくぐり、六十過ぎの老人らしからぬ躍々たる足取りで密議の場へと向かった。

激論

一

上杉景勝を討つべく、徳川家康が諸将をともない出征した隙を突いて、近江国佐和山の石田三成が、盟友の大谷吉継とともに兵を挙げたという知らせは、大坂城にいる者たちを震撼させた。

三成を奉行職から追い、退隠させるという家康の処分案は、他の大老や奉行の合意の下に決定された。もちろん、前田玄以、増田長盛、長束正家の三奉行は、この案を積極的に支持していたわけではなく、異論をさしはさめない状況に追い込まれただけだと思っている。けれども、城に詰めて執務に当たる三奉行やその下僚たちは、三成が自分たちに激しい恨みを抱いているだろうと予想したのだ。

だが、大坂城内で最もうろたえていたのは、淀殿であったろう。彼女は女中ばかりか、表の役人までを次々と呼びつけては、治部少輔の軍勢はどこまで迫っているのか、内府殿が大坂に戻るのはいつか、などと問いただした。そして、返答が要領を得ないと腹を立てて、わめき散らした。

淀殿は秀頼の生母ではあるが、秀吉の側室に過ぎないから、本来はそれほど力を持つべき筋合いにはない。けれども、秀吉の旧主、織田信長の姪という血筋の良さもあり、秀吉やその周囲から甘やかされてきた。しかも、正妻の高台院が城外へ隠居したために、豊臣家における淀殿の存在は歪《いびつ》なほどに大きくなった。

女中や小役人のはっきりしない返事に飽き足らなくなった淀殿はとうとう、豊臣政権の閣僚とでもいうべき三奉行を自室に召した。

「内府殿がまだ帰られぬとはいかなるわけか」

淀殿にきつく問われて、他の二人とともに下段に平伏する増田長盛はうんざりしていた。三成の反乱にどう対処すべきかについて諸方と協議し、知恵を絞るだけで大忙しであるのに、その上、この女性にいちいち呼ばれてどやしつけられてはたまらない。

やがて、奉行のうちの筆頭席である前田玄以が、おずおずと返答をはじめた。

「すでに使いは立てておりまするが、内府殿は武蔵国《むさしのくに》江戸におられるものと思われまするゆえ、しばらくは――」

「では、誰が上様をお守り仕るのか」

「何を措《お》いても我らがしっかりと手を打ちまするゆえ、ご懸念には及びませぬ。そもそも、豊国大明神様が築かれたお城は古今未曽有《みぞう》の名城。いま大坂に留め置かれし兵ばかりにてお守りいたしても、治部少輔らの手になど落ちますものかは」

僧籍を持つ徳善院玄以は、温和な笑みを浮かべながら、淀殿を宥めるようにつづけた。

「万に一つ、お味方が不覚を取るようなことがありましょうとも、治部少輔が恐れ多くも上様やお方様を害し奉るようなことなどあろうはずもございませぬ」

長盛も、その通りだと思った。ここにいる者の中で三成に最も憎まれているのはこの俺だろう、とも考えている。自分が家康と取引をしたことによって、三成の退隠は決まったのだから。

だが、玄以の言葉を聞いても、淀殿は納得しなかった。

「治部少輔自身がどうあれ、この乱に乗じてご当家に仇なす不埒者があらわれるやもしれぬではないか。しかも、もし治部少輔めが上様の御名を騙《かた》り奉り、天下に内府殿追討の命などを号してみい」

長盛は息を呑んだ。それまで、淀殿のことをやかましいばかりの、あまり賢くない女性だと思ってきたが、その意外な聡明さに気づかされたのだ。

会津征伐に出発する前、家康は長盛に「貴殿がしっかりと上様をご守護申し上げれば、治部少輔ごときが乱を起こしても恐るるに足りぬ」と言った。だが、三成が「他の奉行も我らと一味同心」などと嘘をついて、家康追討の檄を飛ばしたりすれば事はそう簡単ではあるまい。三成の企図はいずれは破れ去るとしても、こちらもあとあとどのような咎めを受けるかわかったものではないからだ。場合によっては、三成もろともに、家康や徳川派の武将たちに屠られてしまいかねない。

「毛利殿だ」

それまで黙っていた長盛は大声を出した。

「内府殿が戻られるまでのあいだ、安芸中納言殿に援兵を請うのでござる」

玄以と長束正家も、なるほどその手があったか、とばかりに眉を開いた。

今度の会津征伐には輝元自身は出陣せず、その従弟に当たる吉川広家と、使僧兼顧問のような立場の安国寺恵瓊が代理をつとめることになっている。だが、二人だけでは心もとないと長盛は思った。

あるいは、単に石田の軍勢を防ぐだけならば、父譲りの戦上手で知られた広家一人でも事足りるかもしれない。けれども、大老である輝元に大坂城に入ってもらい、つねにそのそばにひっついていれば、乱が去ったあと、輝元の口から家康らに「増田右衛門尉殿は一貫して内府殿に忠節を尽していた」と言ってもらえるはずだ。保身をはかる上で、大老の弁護ほど力強いものはない。

「出雲侍従殿はまだ上洛の途次でござるが、安国寺殿は確か……」

「さよう、長老殿はすでにここもとへ参っておられると承ってござる」

正家が応じた。

「長老殿を通じて願い上げれば、中納言殿は必ずや兵を率いて参られましょう」

そうだ、とうなずき合った奉行たちは、

「ただちに長老殿を呼ばねばなりませぬ。事は急ぎますするゆえ」

と長盛が言うや、座を立った。

淀殿はまだ話し足りない様子であったが、三人は急いで部屋を退出した。


その頃、家康の軍勢に加わって上杉と戦うべく三千の兵を引き連れた広家は、ようやく播磨国明石《はりまのくにあかし》に入った。定宿にしている商人のもとに草鞋を脱いだが、すでに町中が、「石田治部少輔が兵を挙げたらしい」という噂で持ちきりであった。さらには大坂の毛利邸からも、三成挙兵の風聞について、いくつも注進が届いた。

侍臣に足腰を揉ませ、旅の疲れを癒しながら注進を聞いていた広家は、家康は上杉征伐をとりやめて、大坂へ引き返してくるかもしれないと思った。そうなれば、自分たちも出征先を転じ、佐和山へ行くことになるか、などと考えながらうつらうつらしはじめたが、部屋の外が騒がしいことに気づいた。やがて、香川又左衛門がうろたえた様子で報告に来た。

「長老殿が、ご来駕《らいが》なされました」

「ご来駕……ここにか」

「すでに書院にてお待ちでござりまする」

驚いた広家は、腰をつかむ侍臣の手を払いのけるようにして起き上がった。

先発した恵瓊は、すでに大坂より東へ進軍中のはずだった。かりに何らかの理由があって畿内にとどまっているとしても、広家をわざわざ明石にまで出迎えるほどの親しき間柄ではない。

「何事か」

「さて……」

「なにゆえに用事を聞かぬ。白髪《しらが》の生える歳になっておいて、阿呆か」

「仰せられるまでもなく、ご用の趣は何かということくらいは伺っておりまするわい。されど、長老殿はそれがしには何も申されぬのでござる。殿に直々にお話しせねばならぬとかで」

ため息をつきながら、広家は立ち上がった。衣服を整え、袴を着けながらつぶやく。

「やはり、我らは佐和山へ行くのか……」

恵瓊のもとには、家康からの新たな指令がすでに届いているのかもしれないと思ったのだ。すなわち、家康が「毛利勢は近江に陣を取られたし」と言ってきたとすれば、恵瓊が広家と緊急に打ち合わせたいと思って引き返してきても不思議ではない。

だが、対面してみると、恵瓊は何やら難しい顔をしている。

「まだこのようなところにおられるとは驚きましたぞ。内府殿が何か申してまいられたのでござるか」

などと語りかけても、押し黙ったままだ。

「いかがなされた。佐和山のことで何か……」

いろいろと探るうち、恵瓊は言った。

「お人払いをお願いいたしたい」

不審に思いながらも、広家は又左衛門ら家臣たちを退出させた。二人きりになると、恵瓊はようやく話しはじめた。

「東国へは下向せず、こちらへ参上いたしたのは、広島の上様の御意をいただいてのことにござる」

「はて……」

「出雲殿のご軍勢も、大坂にてお留まりいただかねばなりませぬ」

「ちと、待たれよ――」

「実は先日、拙僧は江州《ごうしゅう》佐和山において、石田治部少輔殿、さらには大谷刑部少輔殿と密々に語り合うてまいり申した」

「ちと待たれよと申してござる。俗世の凡夫に禅問答など無用。もう少し、嚙み砕いて申されよ」

恵瓊は目を合わせようともせず、二人のあいだの畳の面を見つめながら言った。

「毛利は、治部少輔殿らとともに立つことにあいなり申した」

「なんと……」

「こう申せばおわかりになろうか。上様はご幼君を奉じて天下の諸侯に号令し、奸賊家康めを討つご決心をなされたのでござる」

広家はしばらく、二の句が継げなかった。

「貴僧は、乱心でもなされたのか」

恵瓊はにわかに大声をあげた。

「断じて乱心ではない。ほかならぬ上様のご決断と申してござる」

「上様だと……さようなことは、この蔵人が許さぬ」

広家が怒鳴り返すと、恵瓊も負けじと声を張った。

「お家のご当主は上様ぞ。吉川殿といえども、上様の臣下に過ぎぬことをお忘れか」

やりとりは部屋の外にまで聞こえていることだろう。人払いをした意味などなくなっている。

「我らには日頼様のご遺戒がある。毛利はこれ以上、土を増そうとしてはならぬのだ。ましてや、天下になど望みをかけてはならぬ」

日頼洞春大居士《とうしゅんだいこじ》、すなわち毛利元就のこの戒めは、輝元の補佐に当たってきた広家の父、吉川元春や、叔父、小早川隆景も固く守ってきたものだった。

家中で神仏のごとく崇められる「日頼様」を持ち出されて、恵瓊はいささかたじろいだかに見えた。だがすぐに反論をはじめる。

「上様は、土を増すために戦わんと仰せられているわけでも、ましてや天下にお望みをかけられているわけでもござらぬ。天下を簒奪《さんだつ》せんとする家康から、豊家とご幼君をお守り仕らんとなさるのみ」

「ご幼君とな。笑わすものではない」

広家は本当に笑い声を立てていた。豊臣家の御為、ご幼君の御為などという言葉が、とってつけたような大義名分に過ぎないことは、策士たる恵瓊が一番よくわきまえているはずだと思ったのだ。

秀吉が死んで以来、徳川派の大名と反徳川派の大名とのあいだで何度か対立が表面化したが、その際にはどちらも「秀頼公の御為」と称してみずからの立場を擁護し、相手を非難するのを常としてきた。今度も、三成や恵瓊は秀頼を守るために奸賊家康を討つと公言するつもりだろうが、家康のほうも秀頼の名代として、豊臣公儀の軍勢を率いて東下しているのである。もし家康が反転西上し、両者が戦うことになれば、どちらも相手を、秀頼公をないがしろにする逆賊め、と罵るに決まっていた。

「いまのような乱れた世にあって、人々を動かしておるのは、得か損かだけだ」

なお笑いながら、広家は言った。

「天下の諸侯が石田や大谷ら小身の者どもにつくか、二百五十余万石の内府殿につくかは童にもわかる道理。治部少めとともに立って勝ち目などあるものか」

「いや、勝てる。我らはご幼君を奉じ、大坂におる諸侯の妻子を押えるゆえ」

恵瓊は以前にも、秀頼の身柄を先に押えれば毛利は徳川に勝てるなどと口にしたことがあったが、やはり本気であったのか。

「勝てはせぬ。弓矢のことは、弓取りにまかせておればよいのだ。坊主の出る幕ではない」

恵瓊はいつものごとく、茹で蛸のように真っ赤になってにらみつけてきた。

「戦わずして勝てぬと申すとは、弓取りの風上にも置けぬ」

二人で勝てるとか勝てないとか言い合っていても仕方がないと思い、広家は話を打ち切ろうとした。

「いずれにせよ、天下をめぐる争いにかかわれば、日頼様のご遺戒に背き奉ることになる。日頼様のお言葉には、毛利の者は上様といえども従わねばならぬのだ」

「いかにご遺戒があろうとも、ご当代の御意に従うのが臣下の道」

何がご当代の御意だ、と広家はいきり立つ。三成とともに挙兵するなどということは、恵瓊の独断としか考えられない。

「かくも重きことを上様がご存知であれば、なにゆえに、それがしに一言もご相談くださされなかった」

「それは……火急のことゆえにござろう。とくに、貴公は上坂の途次にござったゆえ、お文のやりとりもままならず――」

「では、木津の重臣どもには、すでにお知らせがあろうな」

摂津国木津には毛利家の屋敷があり、そこには大坂詰めの重臣たちがいた。

この頃の大名の軍事力は、直属する旗本衆のほかは、家臣たちの私兵によって成り立っていた。つまり、大名は版図のうちから知行地を分与して家臣を養うわけだが、いっぽうの家臣はその報恩として、与えられた土地からのあがりによって兵を養わなければならない。そして、大名の命があれば、その兵たちを率いて参陣しなければならない。その総和が、大名が戦場に動員できる軍勢なのだ。

よって、独裁的な傾向の強い大名であっても、主立った家臣たちに一切の相談もなく大兵を動かすことは不可能であった。ましてや、中国各地の領主とその家臣団をほとんどそのまま傘下に収めつつ拡大してきた毛利家にいたっては、推して知るべしである。多くの兵力を要する国人（在地領主）系の重臣たちにはずいぶんと遠慮があるのだ。しかも、輝元はこれまで采配を補佐者に預けきりにしてきたのであり、それがここへ来て、広家にも、木津屋敷を守る重臣たちにも事前に相談をせず、突如、家康と対決すべく兵を挙げるなどと宣言するとはとうてい考えられなかった。

大坂詰めの重臣たちの同意はあるのかと迫られた恵瓊は、途端にまた視線を逸らした。

「いかに」

「そりゃ、ご存知の方もおられましょうとも。みなというわけではござるまいが……」

何ともあいまいな物言いだが、これで言質《げんち》は取ったと広家は思った。木津の重臣たちに問いただしてそのような事実がないとわかれば、恵瓊が偽りを言っていることは動かぬ事実ということになる。そしてそうなれば、恵瓊の首を刎ねなければならない。

「明日は必ずや、木津のお屋敷に出頭なされよ。よろしいな」

「もちろんのこと」

肩を怒らせて言い残し、恵瓊は去っていった。

一人になると、広家の腹中には、京や大坂で探索活動にあたらせていた藤谷伊知介に対する憤りが湧いた。恵瓊が三成と謀議をもち、毛利を反徳川闘争に引きずり込もうと動いているなどという大事を、なぜあいつは知らせてこなかったのだろうか。

あの男、遊んでおるのか。また女ではあるまいな。

かりかりしながら、広家は出雲から供奉《ぐぶ》する一人の男を呼びつけた。忍びの頭目、世鬼太郎兵衛配下の者である。そして、いろいろと耳打ちしてから命じた。

「急ぎ太郎兵衛のもとへ行け」

太郎兵衛もまた、伊知介とともに京畿で探索にあたっている。

「太郎兵衛にも、伊知介にも、この俺がひどく怒っていたと伝えるのを忘れるな」

男が出立する前に、広家はそう付け加えた。

二

東山の南端、すなわち伏見にほど近い月輪山麓《つきのわさんろく》には、両側を築地塀にはさまれた路地が縦横につづいていた。塀の奥の、瓦を載せた入母屋《いりもや》の建物からは、香の匂いが漂ってくる。一帯には京都五山の一、東福寺の塔頭《たっちゅう》（子院）が建ち並んでいるのだ。

禅宗の大寺は一般に、塔頭の集合体として成り立つ。塔頭は同一の法灯を受け継いでいるという意識は共有しながらも、個別の修行法や規矩《きく》などをたてて、研鑽《けんさん》を競い合う関係にもあった。

貞和《じょうわ》二年（一三四六）創建と伝えられる退耕庵《たいこうあん》もまた、東福寺の塔頭の一つである。応仁の乱以来、京が戦火に巻き込まれるなか荒廃していたが、恵瓊が復興した。

秀吉の寵を受け、豊臣家直属の大名に取り立てられた男が庵主をつとめる塔頭の庭には、山桜の巨木があった。その枝の上に、伊知介は座っていた。月が明るかったが、蒼々と茂る葉に埋もれながら、方丈《ほうじょう》の様子をうかがっているのだ。

亀屋宗柳という商人の娘、刀根を抱いた日以来、伊知介は恵瓊の行方をまるで見出せずにいる。世鬼一味と手分けをして恵瓊縁《ゆかり》の場所を張っても、その気配はどこにもなかった。この夜の退耕庵も、静穏《せいおん》そのものである。

太い幹にもたれながら、また無駄足であったかと悔しがるうち、耳元で梟《ふくろう》の声を聞いた。ふり向けば、同じ木の枝にいつの間にか、梟にしては大きな影がある。木の葉のあいだに漏れ入る月明かりに照らされたその顔は、世鬼衆の若者のものであった。豊国神社の境内で見かけたときには、太郎兵衛の傍らで黙々と土器《かわらけ》を拭いていた。

伊知介はかぶりを振り、恵瓊はいない、と示した。男は顔をゆがめてうなずいてから、ささやいた。

「殿が明石まで参られた……貴殿のことをずいぶん怒っておられるそうだ」

「なにゆえだ」

「わからぬ。直々にうかがえばよろしかろう」

広家とはここのところ国元と京坂とでわかれて過ごしていたのだし、叱られる理由は伊知介には思いつかなかった。そのため、「殿はきっとまたいつものように、いろいろと難癖をつけて、この俺をいたぶろうというお腹だな」と考えてため息をつく。

「明朝、巳の刻（午前十時頃）、天満の甲斐守様のお屋敷へ参れ、と殿は仰せとのこと」

男の言う甲斐守とは、黒田甲斐守長政のことだろう。黒田家の大坂屋敷は天満にある。長政の父、官兵衛孝高は、毛利家を秀吉に臣従させる上で斡旋役をつとめたし、毛利家が豊臣政権に組み込まれてからも、両者の関係を円滑に保つための窓口となってきた。また、広家自身は朝鮮の役を通じて長政と個人的にも親しくなっていた。だから、会津征伐のことや、三成が挙兵したという噂のことで、親しい黒田家の重臣たちと広家が会合を持つことは十分に考えられた。

だが、伊知介がひっかかったのは「巳の刻」である。広家は三千余の兵とともにやって来ると聞いているが、明石からそれだけの人数を引き連れてくれれば、朝早くに発ったとしても、とても巳の刻などに天満に到着できるものではない。

広家は明石に逗留せず、夜通し行軍するのだろうか。それとも、少ない供だけを連れて先発するつもりだろうか。どちらにしても、ずいぶん急いでいることになる。

「何かあったか。治部少輔のことか」

あるいは、広家は会津へではなく、近江へ兵を進めるのかもしれないと思って尋ねてみたが、男は首を傾げただけだった。

「さあ、もう帰られよ。ここはそれがしにまかせて」

男に耳打ちされて、伊知介はうなずいた。桜の木から降り、築地塀をよじ登って表の路地に跳ぶ。

塔頭と塔頭のあいだを闇に紛れて歩くうち、掌や顔、襟元《えりもと》、背中などがかゆくてたまらないことに気づいた。あの桜には毛虫がついていたようだ。爪でかけばかくほど、かゆみは高じてゆく。

体中をかきむしって歩きながら、巳の刻までにはまだ間があると思った。刀根のところで一眠りしても、自分は並外れた健脚でもあるし、十分に間に合う。殿にいたぶられる前に、刀根に優しくしてもらおう。そう思って、伊知介は亀屋宗柳の屋敷へ足を向けた。

伊知介は先日と同じように、屋敷の裏口から入った。そして、刀根と同衾した別棟に向かう。屋敷内の小道は暗かったが、一度通っているため迷うことはなかった。

別棟の引き戸を開けると、中には蚊遣《かや》りが燻っていた。煙の出所である囲炉裏のそばで、人影が柱にもたれている。女のようだ。

驚かしてやろうと、伊知介は音もなく忍び寄り、その胸を揉んだ。女は息を呑む。

乳房の感触が以前と違うと思った。刀根は肉置きがよかったはずだが、ひどく痩せている。

「命だけはとらんでたもれ。何でもいたしまするゆえ」

驚いた声が嗄れている。相手は、婢の婆のようだ。伊知介は慌てて手を放した。

「そなたにどうこうしようとは思わぬわい。藤谷伊知介が参ったと、刀根殿に伝えてはくれぬか」

しばらく沈黙があったのち、婢は雄鶏のような声で笑った。

「はあ、あの殿御でござりましたか。この婆の乳でもよろしければ、遠慮のう吸うてくだされよ」

「やかましい」

伊知介が逃げるように離れると、婢はまたしても鶏の叫びのような笑いをあげながら、屋の外へ走り出ていった。

しばらくしてやって来た刀根は、伊知介の胸に飛びつきつつ言った。

「憎い人じゃ。こともあろうに、我が婢に手を出すとは……憎い、憎い」

「何を申しておる」

「あれは六十路を越しておる……私の乳は、あの者の乳に劣ると申されるか」

「阿呆め。あのような婆に手を出すほど、俺は物好きではない」

「さて、怪しいもの」

「つまらぬことばかり申すなら、帰るぞ」

刀根はしがみつく腕に力を込めた。

「嫌じゃ。もう申しませぬゆえ、行かんといてくだされ。後生にござります」

二人は座敷にごろりと倒れ込んだ。

刀根は腕ばかりか、両の脚までを伊知介の体に強く巻きつけた。その上、開いた股の根を、伊知介の太股にぎゅっと押し当ててくる。

「二、三日、ゆっくりしてゆけるのでござりましょう」

「そうはまいらぬ」

「また、朝餉をたんと召し上がれ」

「それもできぬ」

「どうして……」

「明日、巳の刻に、大坂は天満に行かねばならぬのだ」

「では、私もお供いたします」

「聞き分けのないことばかりを申すな。遊びに参るのではない。殿様にご奉公せねばならぬ」

吐りつけた直後、伊知介は首のあたりを激しくかいた。

「いかがなさいました」

「毛虫に刺された。かゆくてたまらぬ。薬はあるか」

「ただいますぐに」

刀根は伊知介から離れようとした。今度は伊知介のほうが強く抱きしめる。

「薬より、まずはそなただ」

伊知介は刀根の唇を吸うと、その帯を解きはじめた。

三

広家は暗いうちに、供侍を二人だけ従えて明石の宿所を出た。間道伝いに馬を走らせて、大坂天満の黒田邸を目指す。

麾下の軍勢は、日の出とともに出発することになっていた。そしてその中央には、自分の甲冑を着けた影武者を立てよと、広家は又左衛門に指示してある。三成や恵瓊に知られないうちに、彼らの動きや、それに対する会津出征軍の反応などについて、黒田家の家臣たちに尋ねるためである。また、毛利輝元の真意は親徳川であることを、黒田家を通じて早々に家康に伝えてもらおうとも考えていた。

伊知介には、巳の刻に黒田邸に来いと命じておいた。恵瓊のことで問いただしたいことがあったからだ。だが、急ぎ過ぎたようで、広家の馬が天満の武家屋敷が建ち並ぶあたりへ入ったときには、刻限にはまだ間があった。それでも構わず、辻の先の、黒田邸の長塀に向かって馬を駆けさせる。

やがて、大名屋敷に囲まれた四つ辻を越えたとき、左斜め後ろで爆音がしたのを広家は聞いた。直後に、左肩に衝撃が走った。気づいたときには広家は落馬して、地面に放り出されていた。

右脇から地に激突した。肘や腰が痛くてたまらない。内臓も衝撃を受け、えずいた。

左肩に手をやってみれば、小袖が破れ、血が出ていた。鉄炮でやられたらしい。だが幸い、弾は肉を浅く裂いただけで、体内には残っていないようだ。

広家を追い越して先へ行った供たちが、慌てて馬首をめぐらし、戻ってきた。さらに馬を飛び降り、広家のもとへ走ってくる。

そのとき、反対側からも複数の足音が迫った。上体を起こして見れば、見知らぬ男たちが四人、こちらに駆けてくる。連中はみな鯉口《こいぐち》を切っており、その目にはあからさまな殺気が溢れている。

俺を斬る気だな。

広家は立ち上がろうとしたが、遅かった。それより早く、賊の一人が斬りかかってきた。

広家は地面を転がって刃を避けた。

供の二人はようやく助けに来たが、一人はあっさり敵に斬られてしまった。もう一人は敵を一人は倒した。だが、すぐに二人がかりで膾《なます》にされ、地に崩れた。

広家は膝立ちで抜刀した。一人の脹脛《ふくらはぎ》を断つ。

脚を斬られた男は、叫びをあげて転倒した。その隙に、広家はまた転がり、築地塀を背にして立った。すぐに二人の賊が迫る。

めてくる。

八双に構えながら問うたが、相手は答えない。殺気をむき出しにして、左右から間を詰めてくる。

「何者の差し金だ」

答えが返ってこなくても、この二人の背後に誰がいるかについて、広家が見当をつけないはずはない。真っ先に考えるのは恵瓊だ。あるいは、恵瓊と結んでいる石田三成や、大谷吉継かもしれない。だがそれにしても、自分がこの時間にこの場所にいることが、なぜ露見したのだろうか。吉川家中に恵瓊らに内通する者がいるのだろうか。

そのように考えた直後、右方向から聞きなれた叫びがやって来た。

「殿っ」

刺客たちが、声の方へ目を流した。広家も目をやる。伊知介だ。

この一瞬を見計らって、広家は動いた。手前の男の右の二の腕に、刃を打ち込む。斬った手応えがあった。男が動きを止め、うめく。

しかし、もう一人がとっさに刃を突き出してきた。広家は躱したが、傷ついた左肩を塀にぶつけてよろけ、尻餅をついた。

さきほど広家に脚を斬られて倒れていた男が、上体をもたげた。伊知介は駆けながら抜刀し、その男の額を割った。さらに速度を変えず、まっしぐらにこちらへ来る。

広家は倒れながらも身構えていたが、目の前の敵は二人揃って、攻撃の矛先を伊知介に転じていた。

伊知介は疾走しながらも、なにやらゆったり見える、踊るようなしぐさで刀を上から下へ、さらに下から上へと大きく振りまわした。すると残っていた二人の賊が、首筋と腋下《えきか》から血を噴いて、ばたばたと地に伏した。

「殿ーっ。ご無事でござりまするか」

三人を屠った伊知介は、広家のそばへ駆けてきて跪いた。

「お肩から血が出てござりまする。お気をしっかり——」

「気はしっかりしておるわ、頓馬《とんま》め」

そちのおかげで命拾いしたぞ、と広家は礼を言いたかったが、いつものように憎まれ口が先に出た。さらに、膝立ちになりながら怒鳴りつけた。

「なにゆえにもっと早く来なかった」

「お許しくださりませ」

伊知介は地べたに平伏する。

「だいたい、うぬはこっちで何をしておったのだ。あの坊主を見張れと申しておいたではないか」

賊どもに襲われた憤慨も手伝って、広家は伊知介の襟を摑んだ。

「お許しを……」

だがそこで、広家の動きは止まった。塀の先の黒田邸の門が開いて、七、八名の番士が駆けてきたからである。そばまで来るとみな突っ立ち、転がる骸に目を瞠っている。

「貴殿らがお斬りになったのか」

番士のうち、頭立《かしらだ》つと見える者がのぼせたような顔で尋ねてきた。広家は伊知介の襟を放すと、袴の埃を払って立ち上がり、腹立ちまぎれに喧嘩腰で答えた。

「甲斐守殿のご家中は、斬り合いをさほどに珍しがるか」

番士の頭目は、仲間たちとむっとした表情を合わせた。

「ここはご公儀のご城下。いったい、いかなるご趣旨の果たし合いにござるか」

「知らぬ。突然に鉄炮を放たれ、斬りかかられたまで。しかも、家臣を二人まで失うた。ご門前で狼藉が行われているのに、貴殿らがぐずぐずしておるからよ」

頭目はまたも仲間に目をやり、それから言った。

「我らとて、異変を知るやただちに駆けつけたつもりでござるが……いずれにせよ、まずは当家の屋敷までご同道くだされよ。よくよく話をうかがったうえ、お上《かみ》にもお届け仕らねばなりませぬゆえ」

「無論のこと。貴家に用があって参ったのだ。栗山《くりやま》備後殿に取次を願いたい」

広家が黒田家の家老の名前を出したものだから、番士たちはみな驚いた顔つきになった。髷《まげ》は乱れ、服も砂まみれ、また肩から血を流している広家の姿を、「いったい何様のつもりだ」とでも言いたげな目つきで頭目はじろじろ見ている。

「いきなり栗山殿と申されましても……卒爾ながら、貴殿のご姓名は……」

広家はむかっときた。人の姓名を尋ねるのであれば、まずはみずから名乗るべきではないかと思ったのだ。叱りつけてやろうとした矢先に、伊知介が口を開いた。

「出雲侍従様のお出ましであるぞ。早々に栗山殿に取り次がれよ」

番士たちはしばらく、ぽかんとした顔つきをしていた。やがて、そのうちの何人かがようやく広家の正体に気づいて一礼すると、ぱっと屋敷へ駆け戻っていった。

「いや、これはご無礼を。平に、平に……」

頭目はぺこぺこと頭を下げた。


黒田家の屋敷で肩の傷の手当を受け、かつ、朝鮮でもともに戦った栗山備後守利安《としやす》と、何があろうと三成らの動きに対抗しようと誓い合ってきた広家は、木津の毛利邸に到着するなり、命じた。

「老臣どもを呼べ」

広家の詰めの間に集まった益《ます》田《だ》玄蕃頭《げんばのかみ》元祥《もとなが》、熊谷《くまがい》豊《ぶ》前守《ぜんのかみ》元直《もとなお》、宍《しし》戸《ど》備《び》前守《ぜんのかみ》元続《もとつぐ》の三人の家老は、すでに広家が襲われたという報告を受けていたのだろう、口々に「大事はござりませぬか」、「賊は何者でござる」などと問うてきた。

「その話はあとまわしだ」

家老たちを黙らせると、広家は問いはじめた。

「昨夜、長老殿が明石に参られたのだが、それにつき、そのほうらに尋ねたい」

「ほう、あの仁を見かけぬと思っていれば……」

益田がつぶやくと、宍戸があとを受ける。

「安国寺殿は軍勢を大坂に留めたままで、なかなか出征なされぬ。ゆえに、どうしたものかと問い合わせていたところでござったが……」

益田元祥の父、藤兼《ふじかね》は石見の国人であったが、広家の父、吉川元春に降伏した。その後、元祥は元春の娘、すなわち広家の姉を娶っている。

宍戸氏ももとは安芸の国人だが毛利に臣従し、元続の祖父、隆家《たかいえ》は元就の娘を娶って以降、毛利一門の扱いを受けていた。

やはりこの両重臣すら、恵瓊の行動を把握していないようだ、と広家は悟る。

「あの坊主殿は驚くことを申されたぞ。上様は、治部少輔らに馳走し、内府殿を討つご決断をなされた、とな」

三人の老臣どもは一様に口をだらしなく開いた。やがて、熊谷が問い返してきた。

「どなたのご決断、と申されましたか」

「広島の上様だ」

またもや、益田と宍戸は腑抜けのような顔つきになった。熊谷だけは奮然《ふんぜん》と言う。

「さような話、我らは承っておりませぬぞ」

熊谷元直の祖父、信直《のぶなお》もまた安芸の国人であったが、娘を元春に妻あわせ、一万六千石を与えられた。すなわちこの娘こそ広家の生母であり、元直と広家は従兄弟同士ということになる。

「長老殿の話、にわかに信じるわけにはまいりませぬな」

熊谷はいつもはこの一座の中でも最も温厚な雰囲気をそなえた男だが、このときばかりは感情をむき出しにした。つられるように、益田と宍戸も激しい口調で次々と言う。

「内府殿を討つなどと、上様が仰せられるものか」

「それがしにも信じられませぬ」

この三人の家老のように、父祖から受け継いだ広い知行地と多くの家臣たちを擁する者も知らないということは、恵瓊の独断専行は疑いようがないと広家は確信した。つまり恵瓊は「内府打倒は上様の御意である」などと言いふらして家中をかき回し、毛利家を挙げて三成に荷担することを既成事実にしようとしているのである。いかにも謀略家らしい浅ましいやり方だと思った。

同じ思いを抱いているようで、日頃から荒武者として知られた益田が、憎体《にくてい》に口髭をゆがめた。

「吉川殿にお知らせもなく、かようなことを仰せられたとすれば、上様は狐にでも憑かれておられるのでござりましょうよ。早々に、広島へ申しやりましょう。祈禱に長じた者を召し、上様より狐めをはがし仕れ、と」

「いや、狐に憑かれておるのは長老よ。あれは、無類の治部少好きでもあるしのう」

広家が言うと、三人の家老もうなずいた。

「長老をただちに広間へ呼びつけてくれ。もしあの坊主が本当に上様の御意を申しておるのなら、上様ご存知の証拠物を持っておらねばならぬはずだ」

重臣列座の上で、恵瓊を詰問しようと広家は考えたのだ。だが、家臣らが木津の毛利邸内を探しても、恵瓊の姿はなかった。朝には出頭していたというが、いつの間にか自邸に帰ってしまったらしい。

「糞坊主め。都合が悪くなったと思って逃げたな」

怒る広家に家老たちは、恵瓊を斬るべし、と主張した。輝元の名を騙って毛利の兵を動かそうとしたこと自体が大罪であるが、その上、広家のもとに刺客をやったのも、恵瓊の仕業としか考えられないというのである。

しかし、広家は首を縦に振らなかった。

確かに刺客の件は恵瓊が怪しいと広家自身も思うが、いまのところその証拠はなかった。恵瓊が輝元の意を矯《た》めていることについても、ほぼ間違いはないと思われるが、それも輝元自身に確認したわけではない。この段階で恵瓊を斬ろうとすれば、家中に予測もしない混乱が起き、最悪の場合、毛利勢同士の戦闘にも発展しかねないだろう。何しろ、恵瓊は輝元の名代の一人として大坂に兵を率いてきているのだから。

まずはあの佞僧《ねいそう》の罪を明らかにするため、証拠を固めるべきだと思った広家は、恵瓊の屋敷へ熊谷と益田を遣わすことにした。

毛利家が屋敷を構えている木津は、木材をはじめとして、様々な物資が諸方より集まる枢要の地ではある。しかし、大坂城の主郭よりずいぶん南西に離れた、惣構《そうがまえ》の外部にあった。いっぽう、その顧問格の恵瓊は秀吉の生前に、大坂城二ノ丸南面は玉造《たまつくり》の一画に屋敷を与えられていた。このあたりに屋敷を持つのは、前田や宇喜多、蜂須賀など、秀吉の信任が厚かった大名が多い。

木津からわざわざ、益田元祥と熊谷元直の両名がその屋敷を訪れたと聞くと、恵瓊ははじめ、「風邪を患っておりますゆえ」などと言って奥に引っ込んだまま、二人に会おうとしなかった。しかし、応接に当たった家臣が困り果てた様子で、いくら追い返そうとしても二人は動かないと報告に来たので、仕方なしに面会することにした。

家老たちが待つ書院に恵瓊が出てゆくと、長々と待たせたせいもあってか、益田が短気の性をむき出しにして問い詰めてきた。

「なにゆえに、我らに一言の断りもなくお屋敷に帰られた」

鉢の開いたるごとし、などと言われるおのれの大きな頭に、恵瓊はおもむろに手を当てる。

「頭が痛うござっての。どうやら、風邪を引いたようじゃ。貴殿らに移しては申し訳ないと存じ、早々に退出いたしたのだが……そうか、断っておらなんだか……」

「出雲殿が襲われたというときに、風邪であるからと申して、知らぬ顔で退出なさるのか」

「襲われた……」

広家が襲われたことはもちろん知っていたが、恵瓊はとぼけた。

「ご存知ないと申されるか」

「いや、まるで……して、子細は。出雲殿はご無事でござろうな」

二人の家老にいろいろと質問をなげかけ、広家の傷がごく浅いものであるとの説明を受けると、恵瓊は大いに安心したような表情をつくった。そのくせ腹中では、「あのうつけが死んでくれていたら、どれほど清々したことか」と思って悔しがっている。

「なるほど、そのような凶事が出来したゆえに、ご両所は参られたのでござるか……」

益田と熊谷の顔が、これまでよりいっそうきついものになった。

「我らが参ったのは、問い合わせたき儀がござったゆえ。貴僧は、お家が石田治部少輔らに馳走するなどと申されたそうな」

今度は熊谷が声をあげた。

「そのことならば、問答無用」

それまでいかにもだるそうに体を丸めていた恵瓊は、背筋を伸ばして座り直した。

「問い合わされるまでもござらぬと申すのよ。このご決定は、上様の御心より出でたるもの。ひとたび上様の御命が下った以上、いかに出雲殿が、ましてや貴殿らが不服を申し立てようが、覆ることはござらぬ」

「それが上様の御命であるという証は」

またしても益田が、唾を飛ばして問うてきた。

「さようなものはござらぬ」

きっぱりと恵瓊は言ってやった。家老たちが言葉を失っているのが小気味よい。

「ご懸念には及びませぬわい。いずれ、確かに上様の御意でござったとわかり申すゆえ」

「いずれとは、いつでござるか」

「近日中に、上様ご自身が兵を率いて大坂へお上りなされる。本日のところはご両所とも急ぎ木津のお屋敷へ帰られ、出兵の支度をなさるがよい」

「出鱈目《でたらめ》を申すとただではすまされぬぞ。坊主といえども腹を切らねばならぬ」

益田は怒鳴った。恵瓊も自慢の大声で応じる。

「命が惜しゅうて出家がつとまるものか。そのほうらこそ、あとでお叱りを受けぬよう覚悟いたせ」

益田、熊谷の両名が口をつぐんだところで、恵瓊はたたみかける。

「名家の倅どもだからと申して、なめた言葉を吐けば堪忍ならぬ。わしはな、うぬらがはな垂れ小僧のころからお家にご奉公仕っていたのだ。それを忘れるな」

むっとした顔で引き上げる熊谷と益田を見送った恵瓊は、思っている。

広家どものような若造には決して負けぬ。この俺は織田信長が権勢を極めていたときにその滅亡を、そして、当時まだ軽き身分であった秀吉の出頭を見事に予測した男だ。しかも、豊臣政権下で毛利輝元を大老の地位につけたのも、この俺ではないか。俺が毛利を率いなくてどうするのか。この俺こそ、毛利の運命を決めるべき男である、と。

恵瓊のもとから木津へ帰った熊谷と益田は、ふたたび宍戸とともに、広家のもとに来た。熊谷は恵瓊とのやりとりを報告したあと、広家に問うた。

「いかがいたしましょうや」

「いかがもなにもあるものか。あの坊主は嘘を申しておるに決まっている。いや、かりに上様が治部少めに馳走すると申されたとしても、家老たるそのほうらのつとめは定まっておろう。さようなことをなされば毛利を滅ぼしまする、とお諫め仕ることだ」

するとと、熊谷は思い詰めたように言った。

「家中をまとめ、お家を保つには、あの佞僧に立ち向かい得る大将がなくてはなりませぬ」

それから、手をついて広家に頭を下げた。

「我らの命、出雲殿にお預けいたしまする」

広家は、熊谷が何を言おうとしているのかを理解した。恵瓊が暴走し、毛利と徳川の戦が起こりかねない状況において、広家に毛利全体の舵取りをしてもらいたいと言っているのだ。かつての小早川隆景のように。

確かに、隆景がいたころのまとまりを、毛利は失っていた。毛利一門や有力家臣たちが、自己の禄高、あるいは知行地の位置や範囲について不満を申し立てることが増えている。しかも、徳川派に味方するのか、あるいは反徳川派に味方するのかについても、家中の意見はしばしば対立した。

それは、一門の中に隆景のような器量人がいなくなったせいだとも言えるが、同時に、隆景が果たしていたような重い役割を積極的に担おうとする者があらわれなかったせいでもあるだろう。みなはただ無責任に、輝元や執政たちに権利主張をするばかりなのだ。そして、その混乱に乗じて大声でわめく恵瓊に、輝元は何かと引っ張られている。

そうはわかっていながら、広家は返事ができなかった。すると、すでに事前に相談していたのだろう、益田と宍戸も同じく頭を下げてきた。

「いや、待て――」

うろたえる広家の言葉を、益田が遮った。

「我らが何を申しても、長老殿を抑えられませぬ。家中の者どもとて、このままでは長老殿の言葉に流されてしまうかもしれませせぬ」

「さよう」

と熊谷がまた言う。

「黄梅院殿（隆景）が身罷られたあと、ご器量と申し、お家柄と申し、家中を束ね得る御方は出雲殿しかおられぬ」

「それがしからもお願い申し上げる」

宍戸も膝をじりじりと前に出しながら、言った。

「蔚山の戦ぶりを拝して以来、それがしも出雲殿こそ毛利のために立たれるべしと思うてござった」

朝鮮は蔚山城の戦いにおいて、宍戸は飢渇に苦しみ抜いた籠城組であった。あのときの広家の率先した救援行動に、相当の恩義をおぼえているらしい。

「あれとこれとは話が異なろう」

「お家の危難の折に、否とよを申されてよいはずがございませぬぞ。このままぐずぐずいたさば、お家は本当に、あの坊主に引き回されまする。上様もあのようなお方ゆえ……」

　そこで、宍戸は言い過ぎたという顔で黙り込んだ。他の二人も、ばつが悪そうに視線を下げる。

　けれども広家自身も、宍戸と同じことを思っていた。もたもたしていれば、お調子者の輝元は恵瓊のおだてに乗って広島城を出発し、大坂へのこのこ出てきてしまうかもしれないということだ。中央で乱が勃発した場合には輝元を広島城に閉じこめておけ、という隆景の戒めも破られることになる。

　広家は一つ、重たい息をついた。

　毛利を背負って立つなど、まっぴらご免だと思ってきた。このうつけが、お家滅亡の瀬戸際にあって、そのような大役を引き受けなければならないと考えただけでも息苦しく、目眩すらおぼえる。

　だが、祖父元就以来、一族やそれを支える家臣らが連綿と守ってきた毛利の家が、自分の代になって滅びるのを黙って見過ごすのも耐えられなかった。だいたい、恵瓊とは何者なのだろうか。毛利一族でもなければ、正式な家臣というわけでもない。祖父に取り入り、以来、偉そうな顔で家中の主立った者と交わってきただけであって、その実はただの〝謀略数寄〟の僧侶ではないか。そのような者に、お家が好き勝手に振りまわされ、揚げ句の果てに滅んでよいはずはなかった。

誰かが立たねばならぬのだ。

広家はもう一度、深く、大きな息をついた。それから、運命の不条理に苛立って、えい、えい、とうなり、さらに、おのれの顔に両の掌を何度も打ちつけはじめた。

「えい、糞。畜生め」

大きく叫んでから顔を打つのをやめて見れば、家老たちは当惑した表情をこちらに向けていた。

「ようし、腹を括ってやる」

広家がそう言うと、三人の家老は、おお、と喜びの声をあげ、益田などは満面の笑みで両手を打ち合わせた。

恵瓊の首を刎ねたら、俺はすぐにも隠居してくれる。

などと思いながら、広家は命じた。

「よいか、ただちに使者を立てる支度をいたせ。安芸中納言殿に二心なき旨の書状を内府殿のもとへ送る。毛利が石田、大谷らに与するなどという話は、安国寺恵瓊がおのれの一存で申しふらしておるまでであって、中納言殿はまるでご存知なし、とな」

うなずく家老どもへ、さらに命じる。

「それから、広島へ人をやれ。広島城から動かれまするな、と上様に進言仕るのだ」

三人はいっせいに立ち上がり、広家の詰めの間を駆け出ていった。

「糞坊主め、うぬの好きにはさせぬぞ」

一人になった広家は言った。

いち早く手を打ち、必ずや恵瓊の野望を打ち砕いてやる。そう広家は心に誓った。

四

お家の采配をとる。

広家がそう宣言したと聞いてから、伊知介は眠れなかったし、翌日になっても、五体の熱は容易に消えなかった。

もとより、吉川の殿というだけで、伊知介にとっては理屈抜きにありがたくも慕わしくも思われたものだが、戦場でその馬を必死に追いかけ、また追い使われるうち、彼の広家個人に対する仰望や思い入れはいっそう強いものに育っていた。けれども、毛利家の事実上の総帥となってしかるべき血筋と器量をそなえながら、広家はこれまで恵瓊によって家政の中枢から遠ざけられてきた。また広家自身のほうも、毛利の命運を担うような権力を握ることには関心を持たないどころか、かえって嫌悪するような姿勢をとっている。

その広家がようやく覚悟を決めてくれたことが、伊知介には嬉しくて仕方がなかった。

だがいっぽうで、自分が広家の期待に応えられず、恵瓊の企みを見抜けなかったことは痛恨の極みであった。

昨夜来、大坂の毛利邸からは、広家の命を受けた者が次々と走り出た。親しい他の大名家に赴いて情報収集をしたり、三成の兵が襲来したときの対策を練るためである。伊知介も名誉を挽回すべく、厩の隣の長屋で、広家の指令をいまかいまかと待っている。

そこへ、午後になってひょっこりとあらわれた男がいた。忍びの頭、世鬼太郎兵衛である。

太郎兵衛は例ののっぺりとした特徴のない顔で、唐突に言った。

「腹蔵のないところを聞きたい」

「何のことだ」

応じながらも、伊知介は太郎兵衛の姿にぞっとなる。膝の上に置かれた太郎兵衛の右手は、一瞬にして脇差の柄を握れる位置にある。体勢にも隙がなかった。抜刀と同時に、伊知介を斬る準備を整えているのだ。

「俺の命を取るのか」

「それは、お主の答え次第だ」

太郎兵衛は心底を覗き込むように、伊知介の目をじっと見た。

「俺の手の者が、お主が亀屋の屋敷に入ったのを見たと申しておる。どうなのだ。間違いならば、間違いと言うてくれ」

「亀屋がどうかしたのか」

「まさか、お主……」

のっぺりとした太郎兵衛の顔に、細波《さざなみ》が立った。それがあらわしているのが驚きなのか、落胆なのか、あるいは怒りなのかはわからなかった。

隠しても仕方がないと思って、伊知介は言った。

「ひょんなことから、亀屋の娘を抱いた」

太郎兵衛がいかにも深刻そうに、長い息を吐いた。

「まずかったか」

「亀屋がどういう者か存じておるか」

「知らぬ」

「あれは、安国寺殿と親しい」

亀屋宗柳は恵瓊の口利きでいくつもの大寺に通じ、その財物を元手に金貸しをしている、と太郎兵衛は言った。つまり、僧侶に代わって寺の金を運用し、手数料を取って稼いでいるのである。

声をなくした伊知介に、太郎兵衛はさらに問うてきた。

「よい女か、その娘」

「まあな」

「お主、同衾中に何かしゃべらなかったか」

「いや、これといっては……」

そう言いながら、伊知介の腰から背中、首筋へと悪寒がのぼってきた。

まさか俺が吉川家中と知って、それも、いつも殿のそばに侍る身と知って刀根は近づいてきたのだろうか。考えてみれば、刀根に出会い、亀屋に逗留していたあいだに、恵瓊も、恵瓊の屋敷を見張っていた世鬼衆の者たちも行方がわからなくなっている。

こちらの目を逸らすために、恵瓊は刀根を近づけたということか。そう思った直後、悪寒は伊知介の月代《さかやき》にまで及んだ。「殿に会うために巳の刻に天満へ行く」と刀根に告げていたことを思い出したのだ。もしかすると、天満にあらわれた刺客どもは、刀根の仲間だったのか。

とっさに、刀根を斬ろうと思った。一度はいとしいと思った相手であるがゆえに、憎しみも激しいものとなった。だがすぐに、真に憎むべき者は他にいると思い直す。

「逃げも隠れもいたさぬゆえ、時をくれ」

伊知介は太郎兵衛に頭を下げた。

「俺はもはや生きておっても仕方がない。この首はお主にやる。だがその前に、用事を済ませたい」

「用事……」

「殿のもとにお届けせねばならぬものがある」

「なんだ、それは」

「鉢の開いたるごとき坊主の首よ」

伊知介は長刀を摑むと立ち上がった。長屋の外へ駆け出す。

「待て」

太郎兵衛は追いかけてきた。伊知介の前に立ちふさがる。

「安国寺殿を斬る気か。それはならぬ。殿がお許しにならぬ」

「えい、そこをどけ」

「まずは、殿のお許しを得よ」

伊知介と太郎兵衛は厩の前で揉み合いになった。するとそこへ、十人近い侍たちが血相を変えてぞろぞろと走ってくる。

「うぬら、何をしておるか。早く馬を出せ。一大事ぞ」

「一大事と……」

太郎兵衛が伊知介から手を放して尋ねると、侍の一人は激しい舌打ちをした。

「寝ぼけておるのか。上様が参られたことも知らぬとは」

「寝ぼけておるのはどちらかの。上様は広島におられよう」

「馬鹿。にわかに船にて上坂あそばされたのだ。我らはそのお迎えに参らねばならぬ。そこをどけ」

言い捨てて厩に飛び込むと、侍は馬を引き出し、仲間とともに駆けていった。

馬の蹄が舞い上げた土埃の中で、伊知介と太郎兵衛はもう一度、顔を見合わせた。それから、連れ立って馬の後を追いかける。

二人は屋敷の外へ出て、木津川の河岸へ向かった。伊知介は走りながら、さようなはずはない、さようなはずはない、と繰り返した。

やがて、大坂湾に注ぐ木津川の河口が見えたとき、伊知介と太郎兵衛ははたと足を止めた。

色とりどりの旗を立てた大船団が、沖合を埋め尽していた。その中央の、ひときわ大きな船には、幔幕《まんまく》にも、帆にも一文字三星の紋があった。輝元の御座船に違いない。

「何ということだ」

伊知介は、ようやくそれだけを言った。

天下の覇権をめぐる戦いの最中、輝元が京畿に出てくることを、広家は最も恐れていた。だからこそ広家は「恵瓊が何を言っても広島を動いてはなりませぬ」と輝元を諫めるべく、毛利家臣の椙杜《すぎもり》下総守《しもうさのかみ》を早船に乗せて広島にやっていたのだった。しかし、それよりも先んじて、恵瓊は輝元やその側近たちに働きかけていたということだ。

これは俺のせいだ、と伊知介は自分を責めた。その隣で、太郎兵衛が寝言のような口調で言った。

「いったい、上様はどういうおつもりなのだ。お家は、本当に内府殿と戦をするのか」

「さようなことはない」

伊知介は強く言った。

「されど……では、上様はどうなるのだ」

「知らぬ。だが、上様は戦などなさらぬ」

向きになって太郎兵衛を怒鳴りつけたが、伊知介自身にもこれから毛利家がどうなるのか見当もつかなかった。

その後も二人は放心したように黙りこくって、船団を見つめていた。


（下巻に続く）

本書は『うつけの采配』（二〇一二年二月　中央公論新社刊）を上下に分冊したものです。

中公文庫

うつけの采配《さいはい》（上《じょう》）

2014年10月25日　初版発行

著　者　中《なか》路《じ》 啓《けい》太《た》

発行者　大橋 善光

発行所　中央公論新社
〒104-8320　東京都中央区京橋2-8-7
電話　販売 03-3563-1431　編集 03-3563-2039
URL http://www.chuko.co.jp/

ＤＴＰ　柳田麻里
印　刷　三晃印刷
製　本　小泉製本

Published by CHUOKORON-SHINSHA, INC.
Printed in Japan　ISBN978-4-12-206019-7 C1193

各書目の下段の数字はISBNコードです。978－4－12が省略してあります。

中公文庫既刊より

し-6-27
韃靼《だったん》疾風録（上）
司馬遼太郎

九州平戸島に漂着した韃靼公主を送って、謎多いその故国に赴く平戸武士桂庄助の前途に待ちかまえていたものは。東アジアの海陸に展開される雄大なロマン。

201771-9

し-6-28
韃靼疾風録（下）
司馬遼太郎

文明が衰退した明とそれに挑戦する女真との間に激しい攻防戦が始まった。韃靼公主アビアと平戸武士桂庄助を軸にした壮大な歴史ロマン。大佛次郎賞受賞作。

201772-6

し-6-29
微光のなかの宇宙　私の美術観
司馬遼太郎

密教美術、空海、八大山人、ゴッホ、須田国太郎、八木一夫、三岸節子、須田剋太――独自の世界形成に至る軌跡とその魅力を綴った珠玉の美術随想集。

201850-1

し-6-30
言い触らし団右衛門
司馬遼太郎

自己の能力を売りこむにはPRが大切と、売名に専念した塙団右衛門の悲喜こもごもの物語ほか、戦国豪傑を独自に描いた短篇集。〈解説〉加藤秀俊

201986-7

し-6-31
豊臣家の人々
司馬遼太郎

北ノ政所、淀殿など秀吉をめぐる多彩な人間像と栄華のあとを、研ぎすまされた史眼と躍動する筆でとらえた面白さ無類の歴史小説。〈解説〉山崎正和

202005-4

し-6-32
空海の風景（上）
司馬遼太郎

平安の巨人空海の思想と生涯、その時代風景を照射し、日本が生んだ人類普遍の天才の実像に迫る。構想十余年、司馬文学の記念碑的大作。芸術院恩賜賞受賞。

202076-4

し-6-33
空海の風景（下）
司馬遼太郎

大陸文明と日本文明の結びつきを達成した空海は哲学宗教文学教育、医療施薬、土木灌漑建築と八面六臂の活躍を続ける。その死の秘密もふくめ描く完結篇。

202077-1

し-6-36
風塵抄《ふうじんしょう》
司馬遼太郎
一九八六年から九一年まで、身近な話題とともに土地問題、解体したソ連の問題等、激しく動く現代世界と人間を省察。世間ばなしの中に「恒心」を語る珠玉随想集。
202111-2

し-6-37
花の館《やかた》・鬼灯《ほおずき》
司馬遼太郎
応仁の乱前夜、欲望と怨念にもだえつつ救済を求めて彷徨する人たち。足利将軍義政を軸に、この世の正義とは何かを問う「花の館」など野心的戯曲二篇。
202154-9

し-6-38
ひとびとの跫音《あしおと》（上）
司馬遼太郎
正岡子規の詩心と情趣を受け継いだひとびとの豊饒にして清々しい人生を深い共感と愛惜をこめて刻む、司馬文学の核心をなす画期的長篇。読売文学賞受賞。
202242-3

し-6-39
ひとびとの跫音（下）
司馬遼太郎
正岡家の養子忠三郎ら、人生の達人といった風韻をもつひとびとの境涯を描く。「人間が生まれて死んでゆくという情趣」を織りなす名作。〈解説〉桶谷秀昭
202243-0

し-6-40
一夜官女
司馬遼太郎
「私のつきあっている歴史の精霊たちのなかでもいちばん気サクな連中に出てもらった」（「あとがき」より）。愛らしく豪気な戦国の男女が躍動する傑作集。
202311-6

し-6-43
新選組血風録
司馬遼太郎
前髪の惣三郎、沖田総司、富山弥兵衛……幕末の大動乱期、剣に生き剣に死んでいった新選組隊士一人一人の哀歓を浮彫りにする。〈解説〉綱淵謙錠
202576-9

し-6-55
花咲ける上方武士道
司馬遼太郎
風雲急を告げる幕末、公家密偵使・少将高野則近の東海道東下り。大坂侍・百済ノ門兵衛と伊賀忍者を従えて、恋と冒険の傑作長篇。〈解説〉出久根達郎
203324-5

し-6-61
司馬遼太郎
歴史のなかの邂逅1
空海〜斎藤道三
司馬遼太郎
その人の生の輝きが時代の扉を押しあけた――。歴史上の人物の魅力を発掘したエッセイを古代から時代順に集大成。第一巻には司馬文学の奥行きを堪能させる二十七篇を収録。
205368-7

各書目の下段の数字はISBNコードです。978－4－12が省略してあります。

し-6-62
歴史のなかの邂逅2
司馬遼太郎
織田信長～豊臣秀吉
司馬遼太郎
人間の魅力とは何か――。織田信長、豊臣秀吉、古田織部など、室町末期から戦国時代を生きた男女の横顔を描き出す人物エッセイ二十三篇。
205376-2

し-6-63
歴史のなかの邂逅3
司馬遼太郎
徳川家康～高田屋嘉兵衛
司馬遼太郎
徳川家康、石田三成ら関ヶ原前後の諸大名の生き様や、徳川時代に爆発的な繁栄をみせた江戸の人間模様など、歴史のなかの群像を論じた人物エッセイ。
205395-3

し-6-64
歴史のなかの邂逅4
司馬遼太郎
勝海舟～新選組
司馬遼太郎
第四巻は動乱の幕末を舞台に、新選組や河井継之助、緒方洪庵、勝海舟など、白熱する歴史のなかの群像を論じた人物エッセイ二十六篇を収録。
205412-7

し-6-65
歴史のなかの邂逅5
司馬遼太郎
坂本竜馬～吉田松陰
司馬遼太郎
吉田松陰、坂本竜馬、西郷隆盛ら変革期を生きた人々の様々な運命。『竜馬がゆく』など幕末維新をテーマに数々の傑作長編が生まれた背景を伝える二十二篇。
205429-5

し-6-66
歴史のなかの邂逅6
司馬遼太郎
村田蔵六～西郷隆盛
司馬遼太郎
西郷隆盛、岩倉具視、大久保利通、江藤新平など、明治維新という日本史上最大のドラマをつくりあげた立役者たち。時代を駆け抜けた彼らの横顔を伝える二十一篇を収録。
205438-7

し-6-67
歴史のなかの邂逅7
司馬遼太郎
正岡子規～秋山好古・真之
司馬遼太郎
傑作『坂の上の雲』に描かれた正岡子規、秋山兄弟をはじめ、日本の前途を信じた明治期の若者たちの、底ぬけの明るさと痛々しさと――。人物エッセイ二十二篇。
205455-4

し-6-68
歴史のなかの邂逅8
司馬遼太郎
ある明治の庶民
司馬遼太郎
歴史上の人物の魅力を発掘したエッセイの集大成、全八巻ここに完結。最終巻には明治期の日本人から祖父・福田惣八、ゴッホや八大山人まで十七篇を収録。
205464-6

ふ-12-4
夜の橋
藤沢周平
無頼の男の心中にふと芽生えた一掬の情愛――江戸深川の夜の橋を舞台に男女の心の葛藤を切々と刻む表題作ほか時代秀作自選八篇。〈解説〉尾崎秀樹
202266-9

ふ-12-5
義民が駆ける 藤沢周平
老中の指嗾による三方国替え。苛酷な運命に抗し、荘内領民は大挙江戸に上り強訴、遂に将軍裁可を覆す。天保期の義民一揆の顚末。〈解説〉武蔵野次郎
202337-6

ふ-12-6
周平独言 藤沢周平
歴史を生きる人間の風貌を見据える作家の眼差しで、身辺の風景にふれ、人生の機微を切々と綴る。情感豊かな藤沢文学の魅力溢れるエッセイ集。
202714-5

ふ-12-7
闇の歯車 藤沢周平
曰くありげな赤提灯の常連客四人に押込強盗を持ちかける謎の男。決行は逢魔が刻…。深川を舞台にくり広げる長篇時代サスペンス。〈解説〉清原康正
203280-4

ふ-12-8
雲《くも》奔《はし》る 小説・雲井龍雄 藤沢周平
安井息軒の三計塾きっての俊才、米沢藩士・雲井龍雄。幕末の動乱期に、討薩ひとすじに生きた二十七歳の短く激しい悲劇の志士の生涯を描く力作長篇！
205643-5

う-29-3
家康の子 植松三十里
徳川家康の子に生まれ、十一歳で人質として豊臣秀吉の養子となった於義丸。天下人に命を弄ばれた男が見た覇権の真実とは。結城秀康の波瀾万丈の生涯！
205961-0

う-28-7
孤闘 立花宗茂 上田秀人
武勇に誉れ高く乱世に義を貫いた最後の戦国武将の風雲録。島津を撃退、秀吉下での朝鮮従軍、さらに家康との対決！ 中山義秀文学賞受賞作。〈解説〉縄田一男
205718-0

う-28-1
御免状始末 闕所物《けっしょもの》奉行 裏帳合(一) 上田秀人
遊郭打ち壊し事件を発端に水戸藩の思惑と幕府の陰謀が渦巻く中、榊扇太郎の剣が敵を阻み、謎を解く。時代小説新シリーズ初見参！ 文庫書き下ろし。
205225-3

う-28-2
蛮社始末 闕所物奉行 裏帳合(二) 上田秀人
榊扇太郎は闕所となった蘭方医、高野長英の屋敷から、倒幕計画を示す書付を発見する。鳥居の陰謀と幕府の思惑の狭間で真相究明に乗り出す！
205313-7

各書目の下段の数字はISBNコードです。978－4－12が省略してあります。

う-28-3
赤猫始末 闕所物奉行 裏帳合（三）
上田秀人
武家屋敷連続焼失事件を検分した扇太郎は改易された出火元の隠し財産に驚愕。闕所の処分に大目付が介入、大御所死後を見据えた権力争いに巻き込まれる。
205350-2

う-28-4
旗本始末 闕所物奉行 裏帳合（四）
上田秀人
失踪した旗本の行方を追う扇太郎は借金の形に娘を売る旗本が増えていることを知る。人身売買禁止を逆手にとり吉原乗っ取りを企む勢力との戦いが始まる。
205436-3

う-28-5
娘始末 闕所物奉行 裏帳合（五）
上田秀人
借金の形に売られた旗本の娘が自害。扇太郎の預かりの身となった元遊女の朱鷺にも魔の手がのびる。一太郎との対決も山場を迎える。〈解説〉縄田一男
205518-6

う-28-6
奉行始末 闕所物奉行 裏帳合（六）
上田秀人
岡場所から一斉に火の手があがる！ 政権復帰を図る大御所派と江戸の闇の支配を企む一太郎が最後の賭けに出た。遂に扇太郎と炎の最終決戦を迎える。
205598-8

と-26-7
蟻地獄（上）
富樫倫太郎
女のために足を洗おうとする盗賊、甚八。頭目は大金を強奪すべく、大店に目をつける。押し込みの掟は皆殺し！ これを最後の稼ぎと覚悟する甚八だが……。
204908-6

と-26-8
蟻地獄（下）
富樫倫太郎
押し込みは成功したが、盗賊達は稼ぎを巡って殺し合う。頭目・仁兵衛への復讐を誓う雛次郎。そんな中、衝撃の事実を知らされた甚八は。〈解説〉縄田一男
204909-3

と-26-13
堂島物語1 曙光篇
富樫倫太郎
米が銭を生む街・大坂堂島。十六歳と遅れて米問屋へ奉公に入った吉左には「暖簾分けを許され店を持つ」という出世の道は閉ざされていたが——本格時代経済小説の登場。
205519-3

と-26-14
堂島物語2 青雲篇
富樫倫太郎
山代屋へ奉公に上がって二年。丁稚として務める一方、幕府未公認の先物取引「つめかえし」で相場師としての頭角を現しつつある吉左は、両替商の娘・加保に想いを寄せる。
205520-9

と-26-15
堂島物語3 立志篇
富樫倫太郎
念願の米仲買人となった吉左改め吉左衛門は、自分と同じく二十代で無敗の天才米相場師・寒河江屋宗右衛門の存在を知る――『早雲の軍配者』の著者が描く経済時代小説第三弾。
205545-2

と-26-16
堂島物語4 背水篇
富樫倫太郎
「九州で竹の花が咲いた」という奇妙な噂を耳にした吉左衛門は西国へ飛ぶ。やがて訪れる享保の大飢饉をめぐる米相場乱高下は、ビジネスチャンスとなるか、破滅をもたらすか――。
205546-9

と-26-17
堂島物語5 漆黒篇
富樫倫太郎
かつて山代屋で丁稚頭を務めた百助は莫大な借金を抱え、お新と駆け落ちする。米商人となる道を閉ざされ、行商人に身を落とした百助は、やがて酒に溺れるが……。
205599-5

と-26-18
堂島物語6 出世篇
富樫倫太郎
川越屋で奉公を始めることになった百助の息子・万吉は、手代たちから執拗な嫌がらせを受ける。『早雲の軍配者』の著者が描く本格経済時代小説第六弾。
205600-8

と-26-20
箱館売ります（上） 土方歳三蝦夷血風録
富樫倫太郎
箱館を占領した旧幕府軍から、土地を手に入れようとするプロシア人兄弟。だが、背後には領土拡大を企むロシアの策謀が―。土方歳三、知られざる箱館の戦い！
205779-1

と-26-21
箱館売ります（下） 土方歳三蝦夷血風録
富樫倫太郎
ロシアの謀略に気づいた者たちが土方歳三を指揮官に、旧幕府軍、新政府軍の垣根を越えて契約締結妨害のために戦うのだが―。思いはひとつ、日本を守るため。
205780-7

と-26-22
松前の花（上） 土方歳三蝦夷血風録
富樫倫太郎
土方歳三らの蝦夷政府には、父の仇討ちに燃える娘、戦の携行食としてパン作りを依頼される和菓子職人の姿があった。知られざる箱館戦争を描くシリーズ第二弾。
205808-8

と-26-23
松前の花（下） 土方歳三蝦夷血風録
富樫倫太郎
死を覚悟した蘭子は、藤吉にある物を託し戦へと向かった。北の地で自らの本分を遂げようとする土方、蘭子、藤吉。それぞれの箱館戦争がクライマックスを迎える！
205809-5

各書目の下段の数字はISBNコードです。978－4－12が省略してあります。

と-26-24
神威の矢(上) 土方歳三蝦夷討伐奇譚
富樫倫太郎
明治新政府の猛追を逃れ、開陽丸に乗り込んだ土方歳三ら旧幕府軍。だが、船上には、動乱に乗じ日本に神の王国の建国を企むフリーメーソンの影が━。
205833-0

と-26-25
神威の矢(下) 土方歳三蝦夷討伐奇譚
富樫倫太郎
ドラゴン復活を謀るフリーメーソン、後のない旧幕府軍、死に場所を探す土方、迫害されるアイヌ人、山籠りの陰陽師。全ての思惑が北の大地で衝突する！
205834-7

と-26-26
早雲の軍配者(上)
富樫倫太郎
北条早雲に見出された風間小太郎。軍配者となるべく送り込まれた足利学校では、互いを認め合う友に出会い――。新時代の戦国青春エンターテインメント！
205874-3

と-26-27
早雲の軍配者(下)
富樫倫太郎
互いを認め合う小太郎と勘助、冬之助は、いつか敵味方にわかれて戦おうと誓い合う。扇谷上杉軍へ攻め込む北条軍に同行する小太郎が、戦場で出会うのは――。
205875-0

と-26-28
信玄の軍配者(上)
富樫倫太郎
駿河国で囚われの身となったまま齢四十を超えた山本勘助。焦燥ばかりを募らせていた折、武田信虎による実子暗殺計画に荷担させられることとなり――。
205902-3

と-26-29
信玄の軍配者(下)
富樫倫太郎
武田晴信に仕え始めた山本勘助は、武田軍を常勝軍団へと導いていく。戦場で相見えようと誓い合った友たちとの再会を経て、「あの男」がいよいよ歴史の表舞台へ！
205903-0

と-26-30
謙信の軍配者(上)
富樫倫太郎
越後の竜・長尾景虎のもとで軍配者となった曽我(宇佐美)冬之助。自らを毘沙門天の化身と称する景虎の前で、いま軍配者としての素質が問われる！
205954-2

と-26-31
謙信の軍配者(下)
富樫倫太郎
冬之助は景虎のもと、好敵手・山本勘助率いる武田軍を前に自らの軍配を振るい、見事打ち破ることができるのか⁉ 「軍配者」シリーズ、ここに完結！
205955-9